U0117769

霞满天

王蒙

著

SPM
南方传媒 花城出版社

中国·广州

图书在版编目（ＣＩＰ）数据

霞满天 / 王蒙著. -- 广州：花城出版社，2023.3
ISBN 978-7-5360-9943-2

Ⅰ．①霞… Ⅱ．①王… Ⅲ．①中篇小说－小说集－中
国－当代 Ⅳ．①I247.5

中国国家版本馆CIP数据核字(2023)第014110号

出版人：张 懿
责任编辑：杜小烨 李嘉平 凌春梅
技术编辑：薛伟民
责任校对：汤 迪
装帧设计：付诗意
内文插图：马钰涵

书　名	霞满天	
	XIA MAN TIAN	
出版发行	花城出版社	
	（广州市环市东路水荫路 11 号）	
经　销	全国新华书店	
印　刷	广州市岭美文化科技有限公司	
	（广州市荔湾区花地大道南海南工商贸易区 A 幢）	
开　本	880 毫米 × 1230 毫米　32 开	
印　张	6　12 插页	
字　数	100,000 字	
版　次	2023 年 3 月第 1 版　2023 年 3 月第 1 次印刷	
定　价	49.00 元	

如发现印装质量问题，请直接与印刷厂联系调换。
购书热线：020-37604658　37602954
花城出版社网站：http://www.fcph.com.cn

中国当代著名作家，原文化部部长。

曾获第九届茅盾文学奖，2019年9月被授予"人民艺术家"国家荣誉称号。

王蒙笔耕近70年，被誉为中国当代文学走向现代写作技巧的开拓者。代表作有《青春万岁》《组织部来了个年轻人》《活动变人形》《这边风景》《猴儿与少年》等，作品被译成英、俄、日等多种文字在国外出版。

「目录」

她留下了当年建春、后来早春玩过的篮球，作为她的圣物和出嫁薛门的永远纪念，陪伴她一生不会孤独，不可寂寞，不会怨天尤人。

她的住室音乐涌动。

蔡霞随而起舞，有两次感动得哭湿了枕头。她还引用新疆维吾尔族舞蹈家的名言："一天没有起舞，便觉得辜负了人生。"

"我在极光里看到了'坚强'两个大字，既然不怕活一辈子，就只有坚强二字。我留了影。去过极地的人都说，他们的心永远留在了极地与极光里。"

——蔡霞

她从天地，从山河，从城乡，从东西南北，寻求与开拓着恋恋难舍的美丽。她留下了人见人爱，人人赞美艳羡的摄影图片。

她说，太空旅行训练有点来不及了，她遗憾的是没有养一只小豹子当宠物，当儿孙，她希望在野生动物的观感中改善人类的形象。

不要怕偶然与突然的祸端，因为我
们勇敢而且光明。

霞满天

一

在王蒙上小学的时候，看到一拨男女大学生从大街上走过，不知道为什么，我替他们觉得焦躁：他们年纪这样大了，还在一堂一堂地上课、做作业、考试，我从他们身上，看到的是急迫与不安，是期待与得不到，是成长带来了或有的腻歪与疲劳，闹不准还有点空白，就这样上学呀学上呀六七千昼夜，老天。

我是急性子，一辈子催促自己和亲人，被说成是"催人泪下"。我觉得人生的最大痛苦和冤枉，是徒然等待，推迟进行，一些操作与发生耽误了点、分、秒。

在我满三十岁的时候，吓了一跳，怎么噌不楞噔就三十了呢？哪儿来了个三十而立？果然仁拾？我什么都没准备好，无缘无故、无着无落、无声无色地三十岁矣！三十功名桌与椅，八十里路门与户！我还有一肚子青春的烦恼与火热，诗情与故事，大志与大言，大心与大胆，还有点滴的露珠儿似的才华，像一位可敬的老师说的，我并没有做没有写也没有弄出什么瓜果李桃儿来呢。

四十岁，一九七四，"五七"干校刚毕业，我已经老大。少小才刚老大悲，喁喁未罢踽踽归，人生奋力拼八面，不可空空走一回！

安徒生的一个故事，一个坟墓碑文上写着类似如下的文字：

逝者是一个作家，但是作品尚未动笔。

逝者是一个画家，尚未来得及准备画布。

逝者是一个政治家，亟待首次竞选演说。

逝者是一个运动员，梦里获得了世界冠军。

大意如此，不是原文。

二十世纪七十年代，我觉悟了，不能只知道等待。我开始正式动笔，《这边风景》的花与叶绣将起来。此前，"五七"干校休假期间，已经试写了一些段落。其中有一段写伊犁农民春天大扫除，还有俄罗斯族妇女擅长以石灰水兑蓝墨水把墙刷成天空的淡蓝色。我提道：这是当地的习俗，也是爱国卫生运动的实践。一位老夫子式挚友，听了"爱国卫生"四字，笑得岔气。没有办法，我有我的底色，我的童子功，我的不同路子。

曰：革命。

二

　　四十二三岁以后，日子正常化、顺当化了。我对五十岁六十岁七十岁八十岁……的反应日益淡定，活进深处意气平，当然必须稳住阵脚。淡定也是晚近时兴起来的词，此前，我更习惯的是燃烧、激越、献身、豁出去，英特纳雄耐尔，让暴风雨来得更猛烈一些吧。

　　嘲笑"爱国卫生运动"一词语的挚友体格极佳，在新疆，冬季零下三四十度，他户外步行半个多小时来我家做客，帽子都不戴，他的鼻子与耳朵都呈现出胡萝卜色，不以为意。现在却说成不以为然，"为意"与"为然"都分不清，咱们这个中国的认字儿情况到底是咋啦？我的挚友喜欢喝酒，喝多了走出房门，找一个墙角把迷魂汤子与已经咽下的食物倒逼出来，呕吐干净。回来坐到小饭桌前再吃再喝，谈笑风生，面不改色，同时用普通话、陕甘方言、维吾尔语、俄语掺杂上英语德语说着笑话。同桌的朋友，都称颂他是"铁胃人"。

他吸烟，又买不起好烟，他吸的香烟又臭又辣，并于吸吐过程中时有小规模爆炸叭叭叭儿叭儿出现。

更奇特的事是他的儿子看了一个极好的影片，《大浪淘沙》，学上面的自缢镜头悬梁，就这样离开了人世。为此，我们全单位的人，他的众多的好友，制定了劝慰他与安排大侄子后事的精细方案，做了，了结。

他喜欢读书，喜欢研究比较语言学，向我传授遇到特殊情势，可以用背诵书页或外语单词生字的方法，稳定情绪，心理治疗，利用一不小心就会白白浪费的时间，有所长进，自然入定，百毒不侵。他认为苦学也是气功，在被一批中学生死缠烂打不可开交的时候，他背诵普希金的长诗《叶甫根尼·奥涅金》而意守丹田，进入情况，完事以后，他一个人弯腰练功立在台上，泥塑木雕，拽也拽不下来。

老夫子定力如山。

我让他给我背诵"叶"诗，他只说了一段，说是普大喜奔的金子一样诗人诗句里说："走遍俄罗斯，找不到一个女人长着美丽的脚板。"

提到俄罗斯女人的脚，带来的是阔大感与生命力度，自然令一批中国亲苏中老年知识分子开怀畅阔不已。

我们当中有的人，有的为普希金的诗作中出现了这样的低俗，面露憾色与痛惜，老夫子突然独树一帜：

"你们怎么这样不懂、不通、不解呀！酸溜溜的小男人才会发生为普天才改诗的冲动！普希金有多么体贴，多么亲切，多么含情，美丽中饱含生猛！再温暾他也是俄罗斯！"

讲到俄罗斯，他用俄语原发音，像是说"嘞儿阿斯衣"（Россия）元音o发类似a的音，味道果然不一样。

是吗？你又觉得老夫子他体贴了普诗人，超越了诗，超越了最最可笑的小布尔乔亚与风雅，超越了文学与儒学的呆气，超越了传统，更超越了爱情、失恋、追求、懊悔、挑剔、肝肠寸断、要死要活。他的本真天性小小子劲儿可以与普希金、莱蒙托夫、杜牧、李后主、贾宝玉，也不妨加上唐璜比肩。

他还讲过由于一段时间夫人回内地探亲，他把家里弄得乌七八糟，夫人回家后大怒失态，对他又骂又打，又哭又喊，又抢又跳，小施家暴。观察着夫人的声像，他想起了"酣歌醉舞""珠歌翠舞""燕歌赵舞"……一串串四字成语，他觉得非常幸福，比世界许多地方许多历史时期许多人要幸福得多多。

"语言啊语言，学那么多种语言，为什么不会为自己的生活细节作出最佳命名呢？"老夫子说。

为此，他含蓄地写了新诗，登在那一年本自治区文学期刊"批林批孔"专号上，大意是林彪和孔老二，想破坏人民的幸福，我们仍然是载歌载舞，莺歌燕舞，快乐欢欣，声色琳琅。

他说自己的老婆发起脾气来，堪称声色琳琅的啊。

我离开边远地区后不太久，传来他患咽喉病症的消息，之后急剧恶化离世。我始终感觉到他在离去的那一刻，可能脸上露出了一个轻松却不无诡异的笑容。

他是个大好人，后来，他在世时对他歌舞交加的夫人告诉我说，老夫子已经预感到了改革开放快速发展的好时候，他临别时说："你们会有非常好的生活。"

愿他安息。

三

另一个北京油子老乡，也差不多同一个时期，咽癌去世，他一直闹腾移民国外，靠边疆已经移民到澳洲的俄罗斯族艺术家友人帮忙，终于实现了移民梦。出发前患病住院，迅速走了，他的故事我写在一篇小说《没情况儿》里。我的感觉是他离去时说了一句京腔话："齐了，您。"

后来访问澳大利亚墨尔本时请他妻子、舞蹈家——曾经是谢芳的同伴、一位心直口快的女性，吃饭，她说到自己的移民洋梦，她希望拥有一艘自己的游艇。

流光匆促或堪哀，四海五湖运未裁，游艇白帆卿且觅，碧空银浪鹭鸥来。

后来见到的是与他们同事的另一家老北京，他们移民海外后回京探亲，我请他们吃饭，他们为北京面貌改变之迅速而极不习惯，甚至啧有烦言，意思是说他们此次回来，找不到自己的老家了，北京变得让他们不认路了……我不知道说什么好：一日千里好，还是妥留故迹好？发展变化、旧貌换新颜，还是平和保守、一切大体照旧好？

而他们的在本土上过体育学院打手球的闺女，则埋怨老朋友见到他们只知道请吃饭，说得我尴尴惭愧。据说小朋友曾经心仪一个残疾人，被父母劝退了。

心灵、心理、心愿、心病、心犹不甘。出国生活、定居、归化，滋味究竟何如？

是的，陈寅恪大师说过，去国移居，恰如寡妇再醮，不可总是怀念前夫，更不可再叽叽咕咕抱怨前夫。

还有两位对我极尽关心帮助照拂的老领导，老河北人，打死他们他们也不会反认他乡作故乡的啦。他们在我最艰难的时候对我伸出援手。二位都是离世于口腔癌。他们都是河北人，都爱吃刚出锅的热饺子，都在包饺子时评论面和得要软硬合度，筋道弹性，得心应手。他们俩都爱说"打倒的媳妇，揉倒的面"。其实他们是最最良善的爱妻主义者，是媳妇面前的五好丈夫。我想念他们，感恩他们，绝对不能辜负他们。

四

三十多年前，我一度因颈椎病而狼狈不堪，那时我发狂地写作，又被通知参加许多会议，接待各种来访友人，国籍不一。一旦病起来，旋转性晕眩，天旋地转，深感恐怖。在一个海边的中等城市文艺之家，我看病疗养了一个多月，认识了一位住在海滨城市比我大五岁的朋友。

他姓姜，是该市政治协商会议领导人。面相很好，尤其是目光明亮，他每天注意看报，皱眉思索，还与我不断切磋讨论苏联在斯大林去世后的变化与埃及、伊拉克的政局，直至赤道与北极南极。他有点驼背，有点秃顶，还有点东张西望。他很健谈，既谈市、省、北京的领导干部的升降前瞻回顾，也谈吃喝玩乐与半荤半素的笑话与谜语。麻烦的是他的口音比较重，说话大舌头，发不出"儿"音来，该发"儿"的时候，他发的是"哦"，这样他的说话至少有三分之一我听不清原文，但自以为能猜出他的话语里的百分之八十的原意。

我们有时和另外两位年轻人一起打麻将牌，年轻的"手哦"胡乱出牌，但是常常和（读胡），市政协主席就点评说："傻小子睡凉炕，全凭火力壮。"

那里是革命老区，他父亲是抗日烈士，他小时候当过儿童团团长，抓过地主"还乡团"的探子，在北京的革命大学，他学习过一年，在省委所在城市的党校，学习过两期。他的老区少年积极分子与根正苗红的来路，使我觉得十分亲近。

分别后不到一年，听到了他因病去世的消息，使我十分震惊，兹后又屡屡听到他的故事，更是令人嗟叹。

说是他老家有一个不无精明却又不务正业的小伙子，乘上了发展市场经济的东风，开头是崩爆米花，后来卖煎饼馃子，再后来加上包子、老豆腐、烧鸡、炒肝，置备了流动餐车，成了小财主。小老板还经营社会政治，不但当了政协委员，还取得了有关部门给予组织保安公司的批件，成了家乡一个能人。

说是此位能人以当地眼光中的高薪，聘用了一位练硬气功的保镖，保镖在自己左臂上刺青，上书"恩公姜勇"四字。他与我的牌友同宗，都姓姜，论辈分儿他应该叫主席爷爷。

姜主席到了年龄，下岗了，人们议论说，小老板事业与财力的飞速发展，使姜同志艳羡有加，出招帮助他多方发展，并且抵押了房产，贷款投资，与小老板亲密合作。

小老板傻（精）小子睡凉炕，火力越来越壮，被鼓动睡上了从未与闻的"期货"市场大炕。已经一步登高的傻（精）小子，"成功"得太顺利了，他还要一步登天，冲天，超越太空，他还要拉上已经退休的大官与他一起飞天高冲：结果是上当受骗，不但赔得精光光，而且负上了债。

傻（精）小子也是接纳了旁的坏小子的主意，早早花钱办下了太平洋一个岛国的护照，突然间消失踪迹。而我们的姜主席，就这样地跟随着傻（精）小子，从热炕上一直跌入无底深潭。

此事闹得沸沸扬扬，省纪检委与检察院来到此地进行立案调查，老姜突然死亡，正式说法是心肌梗死，也有人说，说不定是人设自尽的。详情不好过问。

是个惨痛的愚蠢与白痴的悲剧故事。我们会奇怪志士与贪官、艰苦高尚与蝇营狗苟、有板有眼与全无常识、可敬可亲与无耻无赖之间怎么会这样近在咫尺。而在主题新闻纪录片中听到大贪腐分子侈谈什么三观缺陷、为人民服务的方向不够坚定、崇高伟大的信仰缺失的时候，我完全不能相信我的耳朵，他们明明是刑事犯罪啊，他们是蛀虫、是骗子、是利欲熏心、是无恶不作、是社会主义与人民利益的死敌，怎么他们像是在检讨自己没有赶上张思德、刘胡兰、董存瑞与雷锋啊?！

同时我又回忆起二十世纪改革开放初期，万事起头难，万事起头鲜，万事开头美，万事开头欢；春潮正澎湃，春风涨满帆，春意暖人心，春花喜人寰，春气大浩荡，春雨润万田；一番风光，透着可乐、可为、可笑、可奇，新鲜芽苗，破土出长，什么都有可能，什么都不一定，摸石头，湿布鞋，飞越彼岸，节奏翻一番。讲的是思想更解放一点，胆子更大一点，步子更快一点，是抓住机遇，是呼唤是号召是杀出一条血路，是奋力变动力，是无商不活，无工不富，无农不稳；是各种商品等待着出入产销，各种人才等待着发财致富。只要你干，三十天就成事，三百天就成精，三千天就完蛋……伟大的中国，古老的中国，镇定的中国，机遇满满的中国，大风大浪小花小草摇摇晃晃时有新变的中国啊，你的生活是多么有趣，你的机遇与政策誉满四海啦哇！

　　看官，以上是本小说的"楔子"。您知道什么是"楔子"吗？中华传统小说与戏曲，常常要有个帽儿戏、帽儿段子。比如听戏，刚开幕，戏园子不像现在的剧场那么有秩序：找座位的，招呼亲友的，递手巾把儿的，卖孝感酥糖的还在闹腾。需要台上先蹦跶蹦跶，渐渐聚起观众的注意力。读小说也是一样，开个头，对世道人情、生老病死感慨一番，显示一下本小说的练达老到、博大精深，谁又能不"听评书掉泪，读小说伤悲"？

五

该说到正题上了。

随着市场经济的发展与计划生育规范的推进，养老事业养老产业渐渐发展、壮大、升级、攀高。长者之家的名称，有的人从《易经》《诗经》《楚辞》《汉赋》上找词儿，唐以后的都嫌俗浅。长者之家的工作人员，各个受过专业训练，持有民政部门颁发的从业执照。医疗、康复、饮食、娱乐、心理抚慰、绿化、环境都有专业团队机构与责任部门，会客、剧院、舞厅、书画、棋牌、球馆、卡拉OK、酒吧、咖啡、书报……各种不同性质与规模的餐饮、琴室都有专门房舍、设备、服务人员。入住要有会员卡，购卡费五十万至百万元，月服务费还要收万元左右。VIP型的更高。

我的一个老友人的孙女名叫步小芹，争取到了民政部门的指导支持，创业兴办了一个称为"谙贲"的敬老院，"谙"读"案"，熟悉之意，"贲"读"毕"，是说美丽，你认不得与读不准，她的命名就更算成功了。

两年后对这个长者之家名称，说是反映不佳，又赶上民政局局长问小步起这样的名字，又要立"案"，又要枪"毙"，究竟是想跟谁过不去？她顺势立即改名为通俗易懂的"霞满天"三字。

这个过程令我想起历史演义小说对于武将阵前对打的描写，常说是"卖一个破绽"然后如何如何，以退为进，以破绽求机会。绝了。

"霞满天"以后，果然前来联系入住的老人增加了百分之四十，收费在各种压力下减少了百分之十六。步小芹是明白人，明白人不较劲办糊涂事儿。这加强了有关部门对于步总"听招呼"的好印象。

我应邀到她们的六万平方米建筑面积地盘上看了一下，并听她讲了前所未有的奇葩故事：

二〇一二年，"霞满天"这里入住了一位七十六岁的女性教授，她曾经受到过举国公认、大名鼎鼎的某学界泰斗的夸奖，她号称懂十余种外语。她入住的时候有大学的三位年轻工作人员陪同前来，提包推箱，还有一位男士十分谨慎地专为她推着一小车贵重物品，包括工艺瓷器、镜框照片、一幅油画和美国原装戴尔电脑与DUO无线蓝牙音箱。资深美女教授的名字叫蔡霞。奇怪的是她自己拿着一个专用网兜，内装一个篮球。进入了房间以后，她首先做的不是打量门窗、采光、生活设备、洗手间，也不在意到窗口看到的风景与建筑。她做的第一件事是从手袋中拿出一个粘钩。把平滑的底片紧紧贴在同样平滑的床头墙面上，摩挲摩挲，使粘钩底片与平滑墙壁之间完全吻合，无胶胜胶，真空零距，然后稳稳当当地把篮球网兜挂到了上面。她眼眶含泪，面带笑容，自语说："你陪着我呗。"

莫非她曾经是知名的国家女子篮球队的体育明星？个头却不像啊。

以蔡老师的身材、风度、举止、穿着和笑容，更不用说她的知识学问经历名气，来到"霞满天"长者之家，可说是春雷滚滚，春风飒飒，春雨潇潇，春花灿灿，一举激活了高端昂贵、似嫌过于文静的疗养院，引起了"霞满天"的浪漫曲高调交响。一批男生休养员，特别是单身男生休养员，最小的六十岁，最大的一百零三岁，为之换了心情，换了发型，换了领带与裤缝，换了英国衣料、意大利裁缝、法国围巾，和不但是法国而且是戛纳附近的世界第二小国、面积二点零八平方公里的摩纳哥公国出产的三件套男用化妆品和德国亚马孙电动剃须刀。

还有说是焕（不仅是换）了三观的。

然后出现了一些如果是如今，实应上网的文学戏剧小品抖音。有的男士由于望蔡兴奋眉目呆痴，受到夫人痛斥。有的男生由于从蔡教授出场以后再也听不清夫人的问话也延迟拉长了与夫人交谈的节奏，被夫人察觉，不止一家提出了在本院开展"反带"（节奏）的口号。同样女士中也有对于蔡老师的眼神的质疑，她们说女性品德，主要看眼睛目光，水汪汪、眉目含情、娇媚弄姿、过于灵活生动、迹近勾引卖弄的眼睛眼神眼白与瞳眸，是各国各地各民族淳风良俗所不可允许不宜接受的，对于白骨精、画皮、蜘蛛精、玉面狐狸的眼光，一定要警惕，不能去看，不可回应，不准对视，严禁眉来眼去。

同时本所管理团队，一致认定，这些话语只是老年寂寞性的自我调笑、自寻安慰、自作多情、自解心宽，类似歇后语："管丈母娘叫大嫂子——没话找话儿。"

蔡老师的高雅与美丽是磁石，也是刀刃，是温情，更是尊严，是暖洋洋，同时是冰雪的凛然不可造次；只消比较一下蔡老师的亭亭玉立，与一帮子酒肉穿肠、大腹便便、口气臭浊、举止鲁拙的俗物蠢男的风度观感，也就没有人再说什么了。

更不要说舞会上的情景啦，每个周末，这里都举行一次舞会，下场跳起来的不超过休养员的百分之十，但是多数人都会前来，坐在软椅上，喝杯小桌上的茶水或者软饮料，听一听半生不熟的探戈舞曲《彩云追月》《鸽子》，华尔兹《中国圆舞曲》《青年圆舞曲》《皇帝圆舞曲》与《蓝色的多瑙河》……

每次舞会之前已经有了不知多少关于蔡教授将要、会要、可能要、大约前来或者不来、迟到或者早退或者准时，起舞、或者只看、或者未定、或者随机下池的消息。蔡老师已经成为传播与猜测的话题，成为舞会的兴奋点，舞翁之意不在舞伴，不在蓬猜猜，不在灯光乐手清咖果盘，而在蔡霞一人。有佳人兮女神之光，下舞池兮温雅淑良，万般风韵兮似隐步态，鸽子探戈兮展翅飞扬。

而老男生们随之浮想联翩、自作多情、忽然豪放、时而沉郁、希望失望、期待成空，增益了对于生命与爱情的品尝想象、回味反刍，也许更美好的说法是想入非非，ICBC，爱存不存，若尽不尽，罗曼蒂克，余音袅袅。最喜应为耄耋时，春光阅尽心犹痴，轻盈一笑天光丽，桃李春风舞未迟。

一位级别与教育程度最佳的男生对太太说："进了长者之家，难免烦闷，所有的人告诉你好好休息，休息休息休息，人生只剩下了休息，那就等待最好的休息吧。然而，我们不能不承认，凡是没有死亡的人都是活人，凡是活人都有人生的权利和义务，欲望和文明，向往和期待，还有那么一点点'坏'劲儿。苏教授，噢，你看我连人家的姓都记错了，人家姓蔡，姓蔡？菜彩材采猜揌，一个提手，一个思想的思，它念‘塞’，也念‘猜’，你说好不好？为什么不让寂寞的单调的等死的老年变成随缘一笑、且歌且舞的幸福老年呢？”

好的，道行已经突破纪年、岁月、加减乘除，若再无想入非非，痴心依旧，其悲切更欲何如？否定之否定之否定即肯定之否定之肯定，更是肯定之肯定，其乐无穷，其乐连连！乐天乐地，乐山乐水，君子饮酒，神仙抱朴，遨游天外，蓬嚓击鼓，玄之又玄，善哉妙舞！

百年不过小歌舞，汇入了时代大歌舞，康姆尼（公社）式的大歌舞！

六

蔡霞老师进院两年即二〇一四年，七十八岁，她跌了一跤。

对于"霞满天"这样的高级长者之家来说，这是严重事故，这个事故几乎使业内部分股票崩盘。

所有的讲养生与医学常识的人都宣扬老人勿摔，摔人无老。伤筋动骨一百天，老人平躺三个月又十天后，内衰五脏六腑神经肛肠，外废四肢五官筋骨皮肤，并从头脑开始衰弱颓唐迷茫荒凉；只能从骨科病房直奔骨灰美罐。

不好理解的是跌了这一跤，蔡老师身体损伤有限，大腿轻度骨裂与肌肉瘀伤，卧床三周后可在护理协助下下床行动，生活自理，康复进展大大优于寻常，金刚不坏之身。瞧人家！

但她的风度形象与精神状态出现了一点变化，开始显出过去未有过的刹那迟钝呆滞，怔怔忡忡，与原来的神仙风韵开始脱离。跌跤时下颚与口唇也有撞地与擦伤，好了以后似乎微微有一点天包地的上下齿的不吻合。

她的跌伤惊动了她所在的大学，新来大学担任校党委书记的一位领导邵教授带了院系负责人前来看望。步小芹等长者之家的行政与服务与医疗负责人也都陪同大学领导进到蔡的宽大的住室。他们发现，蔡老师的说话风格产生了一些变化，说话比摔伤前声音小，速度快，口型不到位，口齿有些不清，但她的声音低沉立体、脉脉含情、如歌如诉，感染动心。

随行的外国语学院院长没话找话儿，指着网兜问道："您这样喜欢篮球吗？床上躺着，还能拍打一个大篮球？"

蔡霞翻了一下眼珠，一瞬间显出了那么大的眼白，把别人吓了一跳。

也许是长期当老师当的吧，过去蔡老师说话非常注重交流、互动，只一说话，她的目光一定注视着听话的对方，与对方的表情相互呼应。对方听得入神，有首肯与关注的表情，她会显出满意、津津有味、益发要讲精彩讲生动讲透彻；对方没太在意或者有点没听明白，她会立即反思自己可能讲得不够清晰，是不是第三人称人家可能听不出是指谁来，或有其他疑点，同时她也会自省是不是讲得无味，需要生动；人生一世，时时刻刻离不开的是生动二字；她会立即予以必要的补充、强调、变更语词与语气，吸引对方的注意，推进对方的理解接受。

现在呢？为什么她的说话增加了自言自语的韵致？她的说话平添了几分低垂眼帘、忧郁温存、自恋自怜。过去说话是显然的对唱，现在呢？是自我中心的独唱咏叹调。

而在听到随行院长的问话以后，她的表情是何等诡异！

停了一会儿，十秒钟，看望她的人与她自己，双方失去话题线索。

又过了十秒钟。

询问篮球的老师觉得尴尬，有一点不对劲。

蔡霞目光里出现了几许火星，她随意一笑，念念有词："谢谢书记，党委的报告批下来了，教育部决定给我授荣衔，给我发国家科学与教育奖金，还有香港的学术基金会说要支持我千万元人民币。我非常感谢，我请求不要奖励我个人，我喜欢的是低调行事。"

她讲这几句话的调子像是在念稿，如果不说是祭祀词与祈祷词的话。

她的话使大学的探视人员吃了一惊，教授怎么了？天啊！她产生了幻觉，她无中生有，白日说梦！

七

　　告辞后，邵书记与院长等到霞满天长者院的主持人、王蒙的老同事孙女步小芹院长的办公室，共同探讨。当然，将获巨奖是幻想中事，而蔡教授在大学从来没有过幻听幻视胡言乱语的记录。步小芹找来了本院心理医生，回答是他也略有所感。他说摔跤的那一天是蔡老师拿着自己的篮球到体育馆投篮，投了好多个，累得气喘吁吁，一个球也没有进，她神态失常，平白无故地跌了一跤。后来，出现了一点意外的变化。但蔡教授的想象型谈吐，与精神病学所认定的幻觉、幻听、妄想，尤其是迫害狂，全然不同；她绝无与不存在的对手争论纠结，感觉到某种危险、恐惧、紧张、压抑……这些负面的情绪与心理病态。相反，她有时的低声含笑自言自语，更像是一个美好的假设，一首诗，一个温馨的微笑，一次巧遇，一种闲暇中的自慰，文静中包含着一点悲哀，与悲哀一起，还有几分得意——她的温存、春风、细雨……还有学历，她怎么可能不自得自诩？那种平缓与自美自赏的想象是正面的、丰富的与深情的。心理医师甚至认为，蔡霞老师的幻觉是文学性、诗学性、教育学性、养生学性质的，她太聪明了，提提神就想说一说，怎么说就怎么像。虽然她此生遭遇过重大的不幸，现在孤身一人，但是她仍然充满对于生活、对于他人、对于自己的光明与善良的爱抚与信念。她不像最近一位颇有名气的文学人，却要匪夷所思地隐身离去。另一位山呼海啸的大家，绽放了令天地增辉的鲜花，又向珍爱的一切泼遍了腐臭毒辣的脏水……禀赋超人的女性，钻起牛角尖，吓唬人。

心理医师还说，在医学课堂里没有听导师讲解过类似的病例，医学研究档案与学理假设上也没有这种说法，但是根据他近二十年的临床经验，他认为蔡霞的横空出世的受奖婉拒说，其实是一种语言训练、交际经验回顾、思维培育、世情重温，也是一种老龄存盘过期乱码的智能补偿。老来失去多，不失又如何？幻想宜美妙，美妙自快活。仍然多谦逊，俯首先谢过，彬彬有礼处，教养育亲和。

蔡霞其后一天给十几个熟人打电话，说到自己将要受奖而坚决谦辞的故事，这相当令人惊骇。但总体上说，蔡老师的情况无恙，预后甚佳。那些接到了她的辞谢奖项故事电话的友人，开始或有一怔，很快便是恭喜恭喜的笑声，而听到了她的谦辞坚辞的态度之后，也都一律表示理解和赞扬，认为蔡老师做到了著名人物、教授、清雍正九世孙，爱新觉罗·启功先生所题的北京师范大学校训八个字："学为人师，行为世范"，启功体书法，温良恭俭，精纯沉静。

此后大学的同事们来探望教授，她的受奖说、谦辞说有些发展，说是收到了外事部门信息，将要授予她菲尔兹奖，她强调自己的专业是语言学，但是加拿大的专家坚持要发奖给她，指出她关于语言的符号学论述适用于数学的符号理论。她学的当然不是数学，她岂能接受数学奖欤？不仅是数学奖，甚至于纽约方面试探着与她讨论，要给她颁发基泰精神病学奖。

"遗憾的是，世界上只有精神病学奖，没有精神病人奖。"

她与客人们都忍俊不禁，多人赞佩她的幽默与机锋。

说得多了，听者就接受了。人们对她的辞奖说闻怪不怪，点头称是。美丽的荒谬，也比疯婆子怨怼的卖弄好一点，要知道，她已经退休二十九年，到本长者疗养院也两年了。本院的休养员长者显示某些心理不平衡不稳定的记录，并非少数。

慢慢地，她的倾诉不断发展，可以兴，可以观，可以群，可以戏嬉喜怨了。她加上了新的节目，她开始对人说她将晋升级别与军衔，先是少将，可以称她为蔡将军了，最近又说是快要获得中将军衔了，她也坚决请辞。一个多月后，在她的生日，校长来看望她的时候，她说她受到印度宝莱坞、美国好莱坞、韩国希杰娱乐公司，还有伊朗的电影人阿巴斯的热邀，希望她写作与出品一部关于中国的故事片电影剧本。

莫惊奇，事事有来历，凭空不会兴灾异，幻梦也非凭空至，悲到尽头应是喜，牛到极处又无趣，与时俱化是实际，努力努力再努力，未成大器仍优异，总还是，勤勤恳恳，爱怜众生，脚踏实地，嘿嘿，嘻嘻，她是有、一点点、个人的脾气。

八

更离奇的是二〇一三年本地民政部门干部前来巡视检查，收到一封休养人员郦女士举报信，说是郦女士的先生、著名朗诵艺术家、六十三岁的美男子宋春风受到了蔡霞的吸引乃至骚扰，写信人的家庭完整受到威胁，要求将蔡某人请到本院其他分支院所去。

高龄长者能出此等事情？他们本应该万事看透、宠辱无惊、色即是空、古井无波？不，那可能是古代，是血压低、血糖低、血脂与胆固醇"四低"的时代。全面小康、总量第二、购买力世界第一、拥有百分之二十以上中产阶层人口的时代，高龄长者们有可能渐成为终其一生老而不衰、飘风骤雨、石破天惊、爱爱仇仇、永远的激情飙客。怎么能提前消停、过早瞑目、早早退避三舍？

稍稍打听了打听，观察了观察，民政巡视组作出结论：并无此事。巡视员找郦女士沟通，郦女士主动撤诉，此话带过。

又过了一年，蔡霞的自慰自语，有所压缩，只有最亲密的访客来时，她才压低分贝，感叹这么一回，而且不要求任何回应，不怕你是微笑、疑惑、点头称是或者摆手劝阻。她说完了她的，如同宗教信徒做完了早课，立即回到现实生活世俗杂务之中，谈论房价、SARS疫情、气温、晴阴、湿度、狗不理包子铺、快递网购、垃圾分类与厕所革命，防止便秘与生理病理诸事务。长者们普遍认定，对于他们，排泄远重于摄入，小康以降，三天辟谷，有益无损；三天不走动，大难临头。

九

二〇一五年来了蔡霞教授的闺密，送来了一批唱盘与U盘新款，她的住室从此音乐涌动。她很快迷上了新疆的《十二木卡姆》，像哭，像笑，像呐喊，像调情，像婚礼，像乡愁，像怒吼，像赏花，像暴风大雪，像相思苦恋，像胡杨也像大漠，像甜瓜也像坎儿井，更像千年不倒不死不烂的大漠胡杨。蔡霞随而起舞，有两次感动得哭湿了枕头。她还引用新疆维吾尔族舞蹈家的名言："一天没有起舞，便觉得辜负了人生。"

有五六个老头儿受到了这风情浓重的声乐与器乐的吸引，他们走近蔡老师房室，门外蹭听，他人走过，他们赶紧走远一点，等人少了他们回来再蹭。蹭蹭蹭，人生须蹭足，蹭天蹭地蹭音乐，生活即歌舞，人生如老虎，虎虎生威大志竖，一日寻它千百度，真善美无数，大美在身旁，大美在己手，大美在此处，大美在前何庸怵？

后来听得多的是莫扎特的《加冕弥撒》，蔡霞听这部作品的时候脸上是含泪的微笑，她轻轻点着头，既有欣赏，又有认同，还有赞叹，连连伸出大拇指。她告诉步院长说："你听这个女高音独唱，她是一个非裔歌唱家。"

她听舒曼也听《茶花女》，听日本演歌也听腾格尔。听十九世纪出生，拜恩戈尔德的歌剧《死城》，听着听着会从椅子上站起来，行立正礼敬，她说，无怪乎人们说是德意志通过这部歌剧，从战争的黑暗与崩溃中开始走出来了。

她也听"文革"中的红太阳颂歌，特别是张振富与耿莲凤对唱的藏族歌曲："您是灿烂的太阳，我们像葵花，在您的阳光下幸福地开放。您是光辉的北斗，我们像群星，紧紧地围绕在您的身旁……"她听得满眼热泪。她小声说："早春最爱唱这个歌……"这里，没有人知道她说的是什么。个别人以为蔡老师说的是春寒料峭的清明前季候。

二〇一七年，蔡霞八十一岁，大年三十头一天晚上的本院联欢会上，蔡霞用俄语、英语、法语、波斯语朗诵了普希金、拜伦、艾吕雅、哈菲兹的诗，再用汉语作了翻译，她重新显示了风度与聪敏，良好教育与自信，饱经沧桑与活力坚韧。

霞满天长者之家的心理医疗主任医师说，是时间与音乐，或者是音乐与时间，治好了她的精神疾患。反正音乐是时间的艺术，旅游是空间的求索与发现，它们的医疗作用都是很大的。

为什么提到了空间的旅游？也还少有谁知道情况。霞满天，并没有旅游业务，小步他们还不敢组织古稀耄耋群体的大空间活动。

第二天晚上蔡霞看CCTV的春节晚会，边看边有议论与不甚满足，不甚满足也仍然津津有味地从猴年末尾看到了除夕夜的子时三刻。

从此，蔡霞渐渐恢复了初到"霞满天"的最佳状态，没有发音不清，没有天包地，没有念念有词，没有幻觉奇谈，没有走路时的身体摇摆。八十一岁的她更加从容、成熟、尊严、体面、清晰、克己、多礼。她提升的是人境、圣境，也许可以说是佛境，她离开的是言语的迷失，她清醒地告诉步院长："我知道我有点胡言乱语，对不起，我有点憋闷，我不服我的倒霉噩运，我想着我应该有点幸运、福气、彩头，我相信我的生活里会有许多美好的东西出现。没有也会有，没有当作有，心里有，念里有，想着有，话里也要有。我要快乐，我要幸福，我不信我会常常不幸，我要的是高雅与幸福，不是炫耀，不是撞大运，我又不愿意显摆显佩。我想撒撒气儿，我要坚持我是福星，不是灾星。当年胡风是主张自我扩张的。后来扩张到笆篱子里去了。太有好意思了。"

王按：后来，步院长说，这些一时露头的偏失，全部自动清零，冰雪洁净。王说："我感觉到的是一种痛苦与对痛苦的反击宣战。她，要表达的是成功与胜利她本来应该胜利和成功。"

王按：侃侃而谈，念念有词，这就是岁月积蓄，逝者有声。是反刍与消化，是遗忘与淘汰雪藏，是珍惜与告别，又是永恒的安宁与纪念。人会消失干净，仍然有话语留存。笔补造化天无功，病里微言意不穷！

渐行"渐远"，可以用五线谱上的五个表示"渐弱"的"p"符号来表示，一年一年，不愉快的记忆渐行渐远。蔡霞有不愉快的记忆，步院长注意履行为休养员的私生活保密的规则。还没有告诉王蒙。

青春百样美，老态P般甜，活到惊人处，苍天变蔚蓝！爱情耽热火，歌赋醉华年。香蚁（酒）得佳贮，举杯叹月圆。

老泪思早先，新诗记变迁，春秋酿深意，广宇惊鲜妍，惜爱愁应忘，欢欣乐未眠，此生多感触，何日不缠绵？

谁无不称意？谁有金刚身？敢历八番苦，乃游四海新。悲哀怜楚楚，喜乐忆津津，受用天人趣，清流洗净真。

唧唧得与失，恨恨谁人知。开阔艰难后，清纯困苦时。少年多激越，成长渐矜持，灿烂容光焕，丰饶岁月痴。

亲爱的读者，王蒙从小就想写这样一篇作品，它是小说，它是诗，它是散文，它是寓言，它是神话，它是童话，它是生与死、轻与重、花与叶、地与天，它不免有悲伤，有怨气，有嘲讽，有刻薄与出气，有整个的齐全的祸福悲喜。同时，尤其重要的与珍贵的是刻骨铭心的爱恋与牵挂，和善与光明，消弭与宽恕，纪念与感恩，荡然与切记，回肠与怀念。

高尔基说过陀思妥耶夫斯基的作品像是狼写出来的。高不喜欢陀。我没有感触到陀的狼性。而且，某种情势与条件下，我们固然不可以请狼先生放羊，但不妨容许狼写两篇小说试试，同时注意防护，注意狼的利爪与獠牙。

珍惜文学，珍惜生命、生活、生机、生长、使命、运命、受命、人生。不能接受对"生命"一词的一分钟猜疑与敌视。病态、冷漠、敌视与仇恨生命批判生命的人怎么能算人呢？我们珍惜的人又是什么人呢？且请读下去再读下去。

十

当步院长告诉蔡教授她的爷爷是王蒙的好友，她说我也与王爷爷谈得来的时候，蔡霞说她愿意让王蒙了解她的经历。

说是蔡霞对步院长说：

你不可能信服我的命运，我的遭受，我的不幸，我的噩耗。屋漏再遭连夜雨，船迟偏遇打头风。走平路落马，进高厅撞墙。躺平偏中十分准，低头巧遇二把刀。绊跤星点石子，砸头颗粒流星。

我敢问，谁见过比我更倒霉的老姐？

我生于一九二六年，一九四五年十九岁赴英留学，不必说我出身于资产阶级，我知道我的原罪。我在剑桥大学学法语、西班牙语与俄语，当然前提是先学好英语。我结识超拔英武的中国留学生篮球队队长，比我大两岁的薛建春。我俩在剑河边牵手行走，我们谈论民国的徐志摩和校园皇后陆小曼，梁思成和林徽因，以及为林小姐终身不娶的逻辑学家金岳霖。我们欣赏两岸的秀美，听醉了教堂的钟声悠扬，忧虑着抗战胜利后国内形势的严峻与危难，我们感到了中国即将大变，这又使我们心跳加速，全新的国家与前景在向我们招手。

……一九四九年新中国成立前夕，我们赶回北京，我们俩参加了大中学生的暑期学习团，我们听了大诗人艾青的讲演，听到对于徐志摩和他的诗《别拧我，疼》的嘲笑，惭愧极了，也兴奋极了，革命改变着一切，我们也见到了周扬与丁玲。我分到四川大学的外语学院，他分到文化部的外事局。一九五四年，我们二人结婚，两地分居，好不容易确定了我调来北京，与建春团聚。

一九五六年，建春作为随团外语干部随中国艺术团去拉丁美洲演出两个月，中间在瑞士德语区苏黎世市休整排练。那时美国对新中国采取封锁政策，赴拉美阿根廷、巴西、智利ABC三个大国与遥远陌生的乌拉圭巴拉圭唱京戏、耍坛子、跳红绸舞与唱陕北民歌，是一件突破局限、扬眉吐气、走向世界的大事。那时当然没有中国直通拉丁美洲间的民航航班，我们的人员分两批，走莫斯科、布拉格、苏黎世、墨西哥，再到拉美其他国家，这是个辛苦麻烦的航程。回程从苏黎世到布拉格一段，本来建春是坐第二班飞机的，另一位在瑞士遇到亲戚的团里的同志报批以后临时与建春换了航班……想不到头一班飞机出了事故，建春三十岁，与我结婚两年，死于空难。我哭了三年，患上角膜炎、结膜炎、青光眼直到鼻炎。为什么，这究竟是为什么呢？不为什么，不为什么，为什么这样的不幸会降临到我的头上？我，我的祖上，究竟造了什么孽，犯了什么罪，害了什么人，让我受到这样的天谴地震空难！

或者说，有天大的不幸者，也就有天大的福气，有池鱼之祸、无妄之灾者，也就有天上掉馅饼，地涌醴泉，穆清祥和，符瑞天相。

我说的是建春有个弟弟，比他小六岁，比我小五岁，名叫逢春。他没有建春的苦学勤勉，也没有哥哥的高大英俊，但是他极其聪明伶俐，而且有一副意大利的澎湃与俄罗斯的多情男高音好嗓子，毕业于苏联莫斯科柴可夫斯基音乐学院声乐系。在他哥哥去世三周年，一九五九年十一月，我三十三岁的时候，他来找我……

命，这都是命。他唱了一晚上怀念与爱恋的歌曲，唱了格林卡的《北方的星》，唱了柴可夫斯基的《连斯基咏叹调》，也唱了刘半农诗、赵元任曲的《教我如何不想她》。前者表达了年轻稚嫩痴情的连斯基在与叶甫根尼·奥涅金决斗丧命前的心情，"啊，青春，你在哪里？"这样的歌词令人销魂。而"不想她"呢，就像后来李谷一的《乡恋》一样，推动开始了一个新时代。

连斯基的歌，本应该由铜管与大提琴奏出序曲，我的这位小叔子逢春，以闭嘴的鼻音模拟序曲与过门的伴奏，他一个人变成了一个乐队，管、弦、弹拨吹奏打击乐器齐全，而主要是自己的男高音独唱；再有他说在苏联，他的俄语名字就是连斯基·谢尔盖，他在苏联姓谢尔盖，是因为谢尔盖的发音最接近薛，而俄语里难以拼出汉语中的uē这种复合元音。与此同时，他拿出来了递给我看的，是一九四九年的日记，他写到了我与他哥哥回国，十七岁的逢春见到我后受到了什么样的震撼。他写到他一夜不眠，只想着我这位"天使"与"圣女姐姐"。

"我决定自杀，我已经见到了，听到了，想到了也融化了，我已经活到了这样一个熔断点。与蔡姐姐见了面，可以了，满足了，确实是生存过了也飞翔了失事了，我已经变为彩霞和礼花，变为奏鸣和独唱，变为跪在蔡霞姐姐面前的一块永远的石头。我还需要什么呢？"

……不用说别的了，我嫁给了建春的遗弟逢春，也可以说是另一个建春。原来，我与建春的婚恋是一个建构一个寻觅，后来与建春的胞弟，是一个巧遇一个偶然，是幸运之鸟大难以后立即栖落到我的霉运的额头，甚至于是我从人生中坠落，撞上了逢春，撞成了我们俩的满怀爱恋。我嫁给了中国式加意大利兼俄罗斯式的歌声，嫁给了他的疯狂的对于嫂嫂姐的恋情，嫁给了永远的我与剑桥、苏黎世、布拉格、意大利与俄罗斯的缘分与灾难，嫁给了《太阳出来喜洋洋》《教我如何不想她》《啊，你冰凉的小手》和《今夜无人入睡》，嫁给了《青春，你在哪里？》《黑桃皇后》，嫁给了一个无论怎么说，有哥哥的脸型、有哥哥的嘴角、有哥哥的笑容更有哥哥的口音哥哥的眨眼的另一个男孩子。

十 一

　　蔡霞继续说：是的，出嫁在一九五九年，似乎也可以说，同时是一九五六年，还同时是一九四五与一九四九年的重版，是时间的多重叠加，是人与国与家，还有我正在逝去的青春的情与梦的热遇……当然，你算得出来，一九四五年，我十九岁，四九年，我二十三岁，五六年，三十岁了；而建春三十一岁之时，逢春二十五岁。五九年，三十三岁的我与二十八岁的逢春在北京结婚。各种机缘，我们举行了盛大的婚礼，在北京颐和园听鹂馆，五桌婚席。

　　结婚十三个月，一九六一年，我们得到了一个儿子，起名叫早春。早春更是建春的几何相似形制图，是建春再世，是我的与建春、逢春、早春三春的生活，从儿子呱呱坠地重新从头开始。

　　奇特的是，早春在幼儿园就是拍皮球的冠军，小学三年级他长得个子很高，他喜欢球类运动。高小他已经开始打儿童篮球，初中一年级他就选入了中学的篮球校队。父与子两代打过的篮球，是我的命根子。

对不起，猖狂，与逢春结合，我又觉得我是世界上最幸运的一个人，大恸反得喜，深埋又还阳，得了儿子后，何事再牵肠？我，我正是陷入大悲哀大痛苦，哭泣成病的准寡妇当中，康复得最快乐最完美最称意的唯一一个特例。我被命运砍了一刀，养好伤，受用了命运带给我的新的可能，新的机会，新的补偿，是痊愈的快乐，是康复的成功，是另一回新生，是咸鱼翻生，是命运碾轧后直起腰，爬起来，起跳，一米八，超过了打破世界纪录的郑凤荣，她是一米七七。

我想的是什么呢？你必须活着，活好，活着就有爱，活着就有情，活着就有戏，活着就有天空和太阳，活着就是春天，花开，叶绿，水流稀里哗啦，鱼戏南北西东，鸟也滴滴沥沥地叫，虫也变蛾变蝶升空，虫儿们组成了绿色的夏天的夜夜室外乐队。

乐观是不是轻薄？佛家讲究大悲、慈悲、悲悯，应该怎么样去感应和体悟？

我的罪，我的罚，我的悲，远未做好准备。这是幼稚，更是浅薄。

十 二

　　蔡霞继续说：一九八一年，学校暑假期间，逢春出国演出。我们的儿子参加完高考，信心十足去上一本。快要满二十岁的早春，回到他爹他大爷老家，一个著名的旅游景区N市郊区农村。山川壮丽的农村在改革发展中开始兴旺，民居发展开放，接待八方来客，吹海风、洗海澡、吃海鲜、坐海船、躺在海滩上穿着泳衣晒太阳，外加登山爬山看日出采野菜、戏弄松鼠、偶尔看到五颜六色的山鸡。一九八一年的八月六日，是阴历七月初七，是鹊鸟搭桥，让牛郎与织女相会的七夕，是中国的情人节。在N市模仿国外新建成的一个游乐场，早春赶上去玩翻滚过山车，突然过山车的钢缆机件出了问题，几名游人坠落。幸亏那天游人不多，斯地斯时人们的购买力还相当有限，游乐场式的地方，只有部分人问津。就这样也遇难二人伤七人。我的早春离开了我们，提前会他的伯伯建春去了。

请问，你们谁能相信，这样的十年不遇、百年难遇的事儿，像一颗流星在太空坠落，两次坠落不偏不正，全都瞄准到我蔡霞灾星的脑门子上了。

我到现在也不能相信，不，这太夸张，这不真实，这不是真的，是编的，是胡思乱想的走失。如果是真的？这就是不可能的。如果说这也可能，那就只能是假的。是的，我在八一年八二年集中力量思考与研习的是概率论，我的遭遇出现的概率绝对近于零。这应该也是一个数学悖论，如果一切都是可能出现的，那么就是必然等于，一切的不可能也都是可能的；如果不可能也是可能的，那么不可能就和不可能相悖，如果可能中包含着不可能，可能就与一切不可能是相通与相等的。那么不可能究竟是可能还是不可能呢？可能＝不可能？不可能≠不可能？不可能是可能的还是不可能的呢？

我的遭遇让我几乎得上了菲尔兹奖。"＝"这个等号本身就是剑桥大学十六世纪时候开始使用，然后普及到世界的！

那一年我五十五岁，逢春五十岁，早春是永远的十九岁。

你说什么？作家王蒙？他比我小八岁。他对长者院的生活很关心？好的，你可以把我的故事告诉他。

十 三

蔡霞说："是的，我是白虎星，我是扫帚星，我是《圣经》里传递天谴信息的约拿，我是'Estrella de desastre'（西班牙语：灾星），我是魔鬼撒旦，我怎么成了妖孽？底下的事更难于启齿……"

步小芹后来把蔡霞的奇异的经历背景继续讲给王蒙。

年已半百的歌唱家薛逢春的声乐事业正当日益兴旺，儿子的事让他突然衰老，儿子的死亡使他失声，他糗到了家里。

过了一年半，蔡教授由于她的外语专长，随着改革开放与对外关系的发展，仅仅顾问、评委之类的名衔就获得了十几个，应联合国秘书处的邀请她带着学生访问了纽约与日内瓦的联合国机构以后，又担任了中国的对应机构的顾问职务。五十二岁的逢春不但声带痊愈上台演唱了，而且被邻省的一所艺术院校聘请为声乐教授。

如此这般，薛逢春与她，原来就风风火火，人五人六，虽遇大难，兼职合法化以后他们的名声与添加的收入飞跃增加。他们常常体会与称道本土的敬老文化传统，时间使得有专长的长者价值不断升级，岂止小康，岂止中产，他们绝然地进入了高收入阶层。一九八三年，他们买了三百多平方米的独套别墅商品房，从蔡霞家乡雇用了沾亲带故的家政服务员，称蔡霞为表姨的李小敏。

李小敏二十一岁，读过高中，上过两年烹调培训班，她已经参加过两个年度的高等学校入学考试，未能够得着分数线，为维持生计愿意做家政服务，并在下一年再试一次高考。

李小敏浓眉大眼，瓜子脸庞，上唇丰厚，下唇稍稍兜起，言语清晰，口齿伶俐，眼里有活计，手里有灵巧与气力，表现的是新农村的无限希望。从来了以后薛家清爽整齐，顺风顺水，深合蔡霞心意。得机会她就辅导小敏高考应试，特别是小敏的弱项外语，得到蔡师指点引领以后，突飞猛进，二人对她次年夏季的考试，信心大大提高。

一九八四年，李小敏考取了一类大本，学外语。蔡霞挽留她周末或其他自由度大的时间依旧住在她与逢春定居的别墅房里，适当帮助家务。他们也在日常零花方面给小敏以慷慨的资助，又给了小敏大批她这里用场有限的各式服装鞋帽。蔡霞与逢春常常出差在外，而几年来超市的供应越来越方便，家务劳动大大减轻，有个小敏（干）闺女，生活走向圆满无忧。

蔡老师喜欢这个孩子，心想，有这样一位亲情打工妹、莘莘学子，有这样一位有志气的本乡本土本家的年轻人，使她们的家庭产生了新的活力新的感觉新的希望，她决心资助她学好功课，直至毕业就业。她决定等小敏毕业后把她正式认作己出，后继有人，也是缘分。

小敏进入大学三年多，一九八八年，蔡霞陪学校邀请接待的一位国外的教育专家到西部少数民族地区几所大学交流。恰好此时逢春感受时令小恙，减少了出差，回家休息。等蔡霞回到家，发现诸多蹊跷。

真正的，挖心丢命吞噬蔡霞人生的大难横空出世！

十　四

　　王蒙想：没有比她这里发生的事更简单、更麻烦、更无耻、更自然、更无话可说、更丢人现眼的了……

　　伟大的恩格斯在《家庭、私有制和国家的起源》中讲过："如果说只有以爱情为基础的婚姻才是合乎道德的，那么也只有继续保持爱情的婚姻才会合乎道德。"这就是说，以不爱了为理由解除婚姻关系是天经地义的。还有说是："如果感情确实已经消失，或者已经被新的热烈的爱情所排挤，那就会使离婚无论对于对方或对于社会都成为幸事。"这话十分精彩，尤其对于处在长期封建的旧中国，曾经有那么悠久的岁月常常被剥夺了自主求偶、享受生命所不可或缺的情爱的人们，得知了上面的两句话，振聋发聩，幡然新生，山呼万岁。

　　但王蒙还是想说一句，正像没有爱情的婚姻其实很不道德一样，没有道德的爱情，也绝对不会是有可靠的幸福和前景的，更不会是有保障、有责任，执子之手与子偕老的生命一个温暖的重大方面。人际关系，包括性爱关系、家庭关系、亲子关系、夫妻关系，岂能有太多太过分的失道德非道德反道德缺德缺阴德！没有道德的盲目爱情，可能表现的是人类性格与个性中原始、自私、乖戾、粗鄙、野蛮、丑恶、矫情、挑剔、嫉妒、诽谤、怨怼、仇恨，没有丝毫人文意识的这一面。从相爱得要死，到相互攻击伤害仇恨毁灭、不共戴天，使家庭成为绞肉机，使情侣成为仇敌，这中间只有一步之遥。不讲任何道德的爱情带来的多半不是幸福，而是烦恼灾祸，不是浪漫，而是自欺欺人，不是健康，而是变态、疯狂、折磨、毒辣，是从千言万语的美丽，到千头万绪的丑恶狰狞。

没有道德的婚姻，还可能是阴谋与骗局，是桎梏与牢笼，是虚与委蛇的伪爱情；爱起来千姿百媚，不爱起来千疮百孔；经营起来红利滚滚，表演起来曲尽其妙；恶劣起来流氓无赖，冷热软硬暴力俱全。

有多少人享受着充满爱情、高尚情怀，受到社会肯定、法律保护、道德提升的婚姻！有多少人从来没有享受过、没有知道过、没有试验过人类的文明使男女能够如此和合相悦幸福！也有多少人受到了受够了如梦如痴、乌烟瘴气、要死要活的歇斯底里，还不断地出来什么家暴、冷暴、杀妻、杀夫、肢解、转移、隐匿尸体……的报道，使人想到恋爱结婚成家便不寒而栗。

在电视节目里,从《社会与法制》节目中频频看到的是情人夫妻间刑事犯罪案件,让爱情与婚姻彻底摆脱道德,让爱情绝对排他地诗化流行歌曲化,也许就难免同时进入了民事至刑事案件的法学范畴啦。

十　五

蔡霞说："我明白了人生的某些好与坏，生与死，成与败，在没有发生以前它们只是不可思议的偶然，是不一定有因果链、报应循环、预兆预警的。一旦发生，就是绝对，就是必然，就是宿命，就是无暇张嘴咀嚼更无暇思考拿主意，你已经，你必须，你只能生吞活剥、原原本本地咽下去！

那么，哼哼，稳稳地给我站好了，敲起小鼓，要的是你给阎王爷跳一场独舞！要的是你给命运一个回应，一个决心，你不用怕，从拔舌地狱始，剪刀、铁树、孽镜、蒸笼、冰山、油锅……各式地狱多灾海都不妨走一遭，然后你挺起身形，鼓起勇气，你不能垮，你要死马活医，置之死地而后生；你还要再学十种外国语言文字，再走百个千个美丽的风景，你还要欢欢势势地给我活、活、活！再做千种万种有益的事，也许你还要遨游太空，登月球，移民另一个天体……

至少给人们留下你的灵魂的记录与痕迹。

荒唐的痛苦正像一种病毒，摧毁生命的纹理与系统，同时激活了生命的免疫力与修复功能。我明白了，我不可能更倒霉更悲剧了。已经到头，已经封顶。我蔡霞反而坚定了一种信心。生活呀，你敢荒唐，我就敢坚决，你能狠毒，我就能消化排泄，也许是满不在乎，你下损招辣手我反而觉得小意思而已而已；老天爷完成了男男女女，相恋不已，相乐不已，礼义不已，也永远有厚颜失态不雅出轨不已，对此事的态度，可以做到愈益坚毅清明，云开日出，演到哪一出就算哪一出。人只能以善求礼义，不可能以暴行礼义。

蔡霞说，在她最痛苦的时候逢春安慰了她、爱抚了她、填补了她，她冷静全面地评价了逢春。她知道，逢春是个好男人，作为不拒绝不轻视通俗唱法，时而与通俗歌星有所合作的美声歌唱家，作为被许多女生评为有"女人缘"的男生，他多次被同行和粉丝异性青睐，被出自高官大款名门以及工农兵杰出人物的娇养女孩儿们招手入梦，他对蔡霞"嫂子"讲过十几个堪比柳下惠坐怀不乱的故事，逢春说，十九世纪以后，已经没有这样的人与事了。他自尊自爱自强，他爱妻敬妻护妻，对于"娱记"们来说，对于粉丝们来说，他已经是太严肃太正经，"正经"到影响票房的程度了。但是他也有把持不住的时候。他开始老了，他意识到他已经快用不着把持什么了。

何况这里还有一句话，没有人挑明过，但是蔡霞清清楚楚：薛家优秀的两兄弟，都以她为妻为指望，不孝有三，无后为大，中华文化注重传宗接代，香烟永续，这是血脉深处的基因，除不净的。

蔡霞是逢春的爱妻，但她也忘不掉，她是嫂子，长嫂如母，这又是一句传统老话，这样的嫂叔文化使她益发幸福温暖，陶醉疼爱，却又有所不安、含羞、不好意思，一直觉着未必撑得到永远。还有年龄，那时候有哪个国人知道其后十五年才有的法国总统马克龙与小丽的婚配年龄范式？这应该也算是法国对爱情文化的一个贡献。

早春的游乐场事故，甚至使她反思自身对于薛家的凶险。"雪灭于菜"，她在噩梦中看到了这么四个字，梦中大喊大叫，把走南闯北的歌唱家吓得也变了声儿。虽然饱受西洋文化的浸淫，也仍然具有洗不清的古老中华的集体无意识根脉。

十 六

小敏悔恨至极。逢春与小敏，在蔡霞面前，争着骂自己，逢春说："我没出息，我下作，我糟蹋了外甥女，我可以去自首，我犯了罪……"

小敏说："我贱，我没见过这么好的男人，我该死，我当时想的真是就这么一回，死了也不冤枉了。我把薛先生拉下了水……"

蔡霞敏感地注意到，一直称薛逢春为姨父、"叔叔"的李小敏，已经坚定地称比她大三十二岁的薛逢春为先生了。已经先生了，还说什么？在我们的传统里，未婚女生上了床，这是比天大的事儿啊。人生路途上，女生比男生更勇敢、更决绝，更以命相搏，女生可以比男生更清醒地走上不归路，女生比男生更经得住事儿。

何况，他们生活在爱情婚配也处于前所未有的变局的时代。

某种意义上，蔡霞告诉步小芹说，痛苦在于发生了这样的丑闻，然后一切由她做主，她必须，她成了决定三个人，不，加上后来得知的小敏腹内胎儿，共四个人的命运的主宰。逢春与李小敏是两个罪人，胎儿等待出世，无辜无恶，无声无息无能。生活与命运的主动权，集中落入蔡霞手心。

　　她可以选择驱逐李小敏。李小敏表示接受，不找"先生"任何麻烦，同时拿出了医院的尿液与血HCG检查证明，她已经怀上了薛逢春的孩子。

　　蔡霞还提出可以认李小敏为干妹妹，孩子她偕同抚养，承认李小敏是孩子的生母。他们可以给小敏付高额损失赔偿金。李小敏可以另寻配偶，他们支持她的正当婚姻，光明前途。

　　听到这话，逢春几乎想给嫂妻下跪，蔡霞手一挥，眼圆睁，阻止了他。

　　小敏断然拒绝。她决定立刻告辞，回大学住，不对任何人透露胎儿的父亲是谁，她独自一人承担未婚先孕的历史责任。她要求的只是为她的人工流产手术提供医护帮助。

　　逢春歌唱家痴呆呆地注视着小敏，泪流如注。

　　就在此时，蔡霞嘴角一撇，略略一笑，这是这个大节点上她唯一闪过的一次冷笑。她用了不到两秒钟，她大声用俄语喝道："разводиться！（离婚）好的，我决定了，我说的算。我以建春原配，早春儿子加我的名义说话。连斯基·谢尔盖，咱们俩准备好身份证、结婚证，明天就去民政局婚姻登记处办理离婚手续！"

然后她用中文又说了一次。

她感觉连斯基·谢尔盖这个俄语名字，现在用着比较容易接受得多。她在剑桥学过俄语，逢春在苏联留过学，除了汉语外，俄语是他们俩人的通用语言。从逢春的俄语名字讲起，像是讲一个俄国留学生的远东西伯利亚故事——история。对于她本来没有任何意义的、有点可笑的名称，存在的就是合理的，这个名字就这样活起来了，派上用场了。先用俄语沟通一下，非常必要，这是离婚的决定，也是两人共同度过了共和国初期中苏友好时代的一个纪念，有始才有终，有终并不忘始。

蔡霞遇大难而更清楚明白决断，临大事有静气，她一丝一毫的犹豫与为难也没有，立即作出决定。正是由于冥冥中蔡霞自觉灾星的铁帽子向她死死地扣下来了，她必须以身阻击，必须发力千钧，决不哭天抹泪，那样只会是携手崩溃灭亡。她这样的噩运万里挑一，百千年一个，那么概率论告诉她，她必须迎上。她与薛建春、薛逢春、薛早春世俗缘分已尽，她爱他们，她感恩他们，她仍然想着他们，她留下了当年建春、后来早春玩过的篮球，作为她的圣物和出嫁薛门的永远纪念，陪伴她一生不会孤独，不可寂寞，不会怨天尤人。她要栽种别处的生活奇葩。生活在别处，因为生活无穷，你的 N 经历对于生活的 ∞ 来说，近于零。你永远有需要追求与摸索的崭新的生活领域。你必须忘记逢春与小敏的尴尬低俗，你可以换位思考，理解与原谅一切。清醒的原谅比清醒的复仇有意思。她感谢自己最痛苦的时候得到了逢春小叔子、后来是正正经经丈夫的保护。她此时，愿意全力保护逢春与小敏的名声和未来。

她毅然决然，她脑洞大开，突然感觉这不一定就是坏事。她创造了家庭变故中以最小的伤害与痛苦、最大的和平与好意、克己复礼地免灾除咎的稀有样板范例。

不幸唤醒了她的高雅、宏毅、豁达，不幸使她更加慈悲、宽恕、担当。人生几十年，得失俱有限，善恶一念间，但愿心如莲。她认定，逢春可以在二十七岁时如痴如梦地相思尚无人知道即将大难临头的嫂子，那么他也有可能，出现某种冲动，感应一个崇拜他、迷恋他的事业与英俊的，这样一个鲜花怒放女子，她蓦然以蛾扑火、以身饲虎。正是迟迟未谢春，骊歌一曲感郎君，荒唐本是寻常事，迷惑一双孽障人。毕竟本无猜，事情做出来，查无大恶意，或显凡俗胎，事本无可恕，情或有侧歪，吉凶凭卿意，罪赦任卿裁。且在不测中，找出欢喜来！

各有各的遗憾与安置。人生谁无憾？生活谁无灾？咬紧牙关后，导出金玉来！可称妥善，难以无缺，求仁得仁，差强人意。

关键在我。

亲爱的建春、逢春——薛家兄弟，我爱你们。

亲爱的早春儿子，当亲朋好友强烈反对我与你爹分手的时候，我回答他们："早春给我托梦了，儿子他说：'妈妈，你做对了，好妈妈。'"

儿子的话一言九鼎。儿子仍然与我在一起。没有人敢于再说什么庸俗低级的话了。

果然早春那时节频频入梦，鼓励了我，安慰了我。梦中见到早春的时候，我听到了建春的声音，只有音频了。啊，坠落于苏黎世—布拉格的航线上。再没有梦到过建春，因为建春不想打扰她与逢春的生活。在梦里听到建春的话语声音的同时，响起了斯美塔那的交响诗《伏尔塔瓦河》。布拉格的河流，流逝于迷人的交响，四溅的水花，还有捷克斯洛伐克的一去不复返的记忆。

那也是一种国家记忆，已瓦解了的国家的记忆。

后来，离异了，捷克与斯洛伐克。

人间有离异，正如有集聚，捷克斯洛伐克，蔡霞逢春亦。

亲爱的小敏，祝你幸福。

蔡霞说：一对新人结婚的时候，我们祝福他们相爱一生，白头到老。那么假若祝词没有完全兑现，不是相爱一生，而是半生多半生少半生若干年月，如果头发没有全白，如果是半白、灰白、略白，然后，你们拜拜，你失去了他，他失去了你，这是可能的，这是人们尤其是女生应该有所准备的。

罗曼·罗兰的话是："凡是不能兼爱欢乐与痛苦的人，便是既不爱欢乐，也不爱痛苦。"何况是为了逢春弟弟。也可以为小敏小丫头。这丫头不是那鸭头，头上哪有桂花油？曹雪芹就能原谅与包容她们，包括袭人、小红、彩霞、彩云……

陀思妥耶夫斯基说过，他害怕的是辜负了自己承受的痛苦。天！陀是当真写出了沉甸甸的痛苦，没有烧包，没有矫情，没有小题大做，更没有一点点个人鼠目寸光的怨毒。你可以摇头叹气，你可以抹一抹眼角的咸泪，你可以苦笑嘲笑耍笑怜悯悲悯大赦天下，两人的事归两人，自己的良心只有自己知道怎么安置。

什么？嗯，不是灾星，这不是我的选择，而是我的巧遇。要与我的巧遇拼到底，拼到骨灰罐，拼到成为一张遗像挂墙。已经连连承受了灾祸，但并非注定了要承受灾祸，更要使劲减少灾祸。有灾难可以，认灾星不必。死者长已矣，生者犹於戏，命运孰得悉，大数据哪里？家破人犹存，情了心未寂，以善良待人，以善良惠己，修福福得以，秀善善永志，为人须得体，好好活下去！

蔡霞心平气和地解决了她面对的尴尬与难题。号啕大哭的是逢春，捂着脸涕泣、叩头如捣蒜的是李小敏。

最后，蔡霞与逢春双双自愿离婚。

离婚以后第一件事，她到了布拉格然后维也纳。她乘坐了伏尔塔瓦游艇，听着乐曲美美地大哭一场，这才到了她要哭的时间与地点。如果在家里包括老家的建春与早春墓地哭，只能刺激逢春与小敏。在布拉格当晚，她梦到了长着马克思式大胡子的捷克古典音乐奠基人贝德里赫·斯美塔那来见她。甚至到了维也纳听上《蓝色的多瑙河》了，她还挂牵着水声叮当如铜铃的《伏尔塔瓦河》。

蔡霞哭建春、哭早春、哭自己的泪水，从北京流到了布拉格，从黄河长江，流到伏尔塔瓦河，然后流进易北河，向着德国的文化古城德累斯顿，然后是德国第二大城市、海港汉堡，最后与泰晤士河一起流到北海去了。

十　七

　　小步说老人院里的奇葩太多了，九十岁以上寿者，都是奇葩。不寿而能奇乎？不奇而能寿乎？不寿不奇能算好好地活了一世一遭一回乎？

　　奇葩逢奇葩，奇葩创奇闻。悲哀即功课，快乐绽缤纷。生老与病死，苦乐与悲欣。何物愁与恼，何得乐与欣？何事罚与罪？何为丑与损？反身求诸己，光明日日新。

　　一九九一年秋天，小敏生下了逢春的又一个儿子。逢春给小儿子起名"又春"。逢春毫无斟酌地几乎给蔡霞留下了他们所有的房产与积蓄。李小敏千恩万谢蔡霞的宽宏，臊眉耷眼地接受了逢春的求婚，断然否定了自家父母关于彩礼的要求，并声明推迟二十年再正式举行婚礼，以表达对表姨的尊重，随时等蔡姐回来她就滚蛋。她与逢春领了结婚证，目的是为了孩子。但对于家乡人，不举行婚礼，等于结婚仍待完成。

直至二〇〇八年九月二十日，斯年的中秋节后第六天，得知蔡姐去了不可思议的远方，七十七岁的逢春与四十五岁的李小敏，带着十七岁的儿子，回老家聚集李家村亲友吃了一顿自称地方全席的流水席，算是新婚喜筵。

那么，请猜猜，薛逢春与李小敏婚宴的时候，蔡霞在哪里呢？

什么？猜不着？我告诉你，二〇〇八年整个九月下旬至十月份，八十二岁整的蔡霞，人在南极。

逢春与小敏离开蔡霞以后，蔡霞也趁退休机会辞去了部分社会兼职。第一步，她添置了乒乓球案子网子球拍黄球白球，她与一批同事同学在她那里赛起了乒乓球，而且，与众不同的是她喜欢打削球，她心仪的是五十年代的球星林慧卿，她的削球下旋动作舞蹈感非常强烈。她认为她的打球，美比胜不胜利更重要。第二，她以七折至三折的廉价购置了哑铃、拉力器、动感单车等健身器材，坚持锻炼身体，并以这些健身器材招待欢迎来客。

第三，更加牛气冲天的是她报名参加了民间办的话剧表演培训，并且自行与本校学法语的研究生，排练了法国文学作品改编的舞台剧《八美图》，前后演过五场，全部用法语，至少是高调震撼了外国语大学、法语留学生与在京讲法语的各类人士。她说，她可以好好做一些自己想了多年没有做的事情了。

她说，与《八美图》中八个女人一个大男人的丑恶毒辣故事相比较，她只能说自己的生活幸福。

一九九二年秋天一过"十一"国庆，她自驾出游新疆天山南北，去的时候走北路，张家口、大同、呼和浩特、包头、银川、兰州，整个河西走廊，哈密、吐鲁番、乌鲁木齐。在新疆她又走了伊宁、新源、库尔勒、喀什、和田，她前后走了两个月，尽看了雪峰、云杉、胡杨与白桦林、高山湖泊、戈壁长河、草原、马场、牧民毡房、高昌遗址、交河古城、喀什噶尔清真大寺、十二木卡姆、沿叶尔羌河两岸的刀郎木卡姆，还有维吾尔族加蒙古族风味的哈密木卡姆。

尤其难忘的是天山北麓中果子沟的哈熊。从乌伊公路上走，在兵团经营的五台公路服务区住一夜，第二天她经过了可克达拉——绿色的原野，走到隶属博尔塔拉蒙古族自治州的沙地中的绿洲精河县午餐，还享受了"抱着火炉吃西瓜"的奇妙经验。饭后到达了高山湖泊——当地人称作三台海子的巨大的高山咸水赛里木湖，走过狭窄的峡谷果子沟。那里长满了野生小苹果，进入秋冬，苹果落地，发酵变化，获得了芳香酒精成分。由于当地长住的多是哈萨克牧民，那里的大个子熊只，也被称为哈熊。可喜的是蔡老师亲眼看到了吃了太多的酒香野果的哈熊摇摇晃晃的酒仙步态。

凭借果香化酒仙，哈熊醉舞亦奇观，微醺更觉身轻雁，飞越天山一顾间。

屡遭磨难女儿身，教授多灾祸患临，自从峰下观熊舞，能不怡然笑煞人？

亲亲别后是新疆，游罢天山岂断肠？驿路遥遥情最切，匆匆歌舞是家乡。

回京时候，南路，经过细长的甘肃，她走陕西西安、河南洛阳三门峡郑州，河北邯郸石家庄。回来以后，她整理新疆记事，改来改去，念念不已。

天山南北自驾游以后，蔡霞对自己的旅途留影颇觉遗憾，北疆草原，那拉提山谷，喀纳斯天堂，尼勒克长廊，库车杏花村，阿城镇苏河口，喀什大寺，她硬是没有留下配得上轰轰烈烈的此行的照片。于是她购买了摄影用直升机，学会了全套操作本领，回到了航模比赛的学生时代，她从天地，从山河，从城乡，从东西南北，寻求与开拓着恋恋难舍的美丽。她留下了人见人爱，人人赞美艳羡的摄影图片。

次年，她又自驾车去云南，滇池、洱海、玉龙雪山、丽江古城、崇圣寺、三塔、石林，到处是花朵，到处是树木，到处是奇瑞山水路程。回程外加偌大四川与重庆市。

十 八

又过了一年，她五月份自驾再游西藏，甘肃的敦煌令她神往赞美，青海西海（青海湖）令她沉醉流连。进入西藏，零下一度，然后二三四五六摄氏度，渐生暖意，蓝天白云雪峰伸手可触，藏羚羊、牦牛、经幡，新奇开眼，令自诩"光杆司令"的蔡霞教授平添生机。从海拔不到一百米到五千米；越过十几座山岭关隘；穿过金沙江、澜沧江、怒江三江并流的壮丽景色；经过泥石流群，经过了不知多少次寒温易貌，也是日日经四季，天天历人生，终于到了西藏拉萨，布达拉宫、大昭小昭寺、八角街，住进最初是与外资合作的拉萨拉威国际酒店。

干脆说，蔡霞虔诚而又嗫嚅，她拜了布达拉宫的观音菩萨化身白度母——卓玛嘎尔姆或妙音天女。她学会了梵语六字真言"唵、嘛、呢、叭、咪、吽"。她喝了青稞酒，她请了唐卡药王法相——这里不可叫购买。关键是，拉萨五昼夜，她东跑西颠，没有吸过一次氧，海拔再高，没有她的心气高，心脏再吃力，没有她的精力健，倒霉倒霉，疾风知劲草，事故事故，事乱见忠良，祸大激神力，灾多好转身！苦难到了极点，她只有快乐，只有起兴加油，只有抵抗到底，只有祝福惜福信福求福……再无其他选择。

心知肚明，不选择快乐与爱恋，难道能选择哭啼啼、怨狠狠、家乡的话叫"一头撞煞"吗？不，不，不，不！

她不想那样。永远不会，绝对不会。

一九九六年，她进入古稀，后来她觉得不如叫作"鼓戏"之年。她觉得进入新生活新年代以后，不妨用革命样板戏《沙家浜》中胡司令的名言"（这茶）喝出点味儿来了"来形容自己的心态了。

理应是京剧里正经高贵的韵白，锣鼓点节奏，花旦问："茶饮可还中意？"净行（花脸）答："喝出一些滋味来了！"其中"滋味"二字，声调突然提高八度，音量也大大增加了分贝。而"了"读"燎"，大声，起伏曲折，行板如歌。

她还去了俄罗斯伊尔库茨克、贝加尔湖、北中南欧洲名城；去了突尼斯、尼日利亚、南非的好望角、伊朗的四十柱宫、埃及的卡纳克神殿。

她乘坐了各线游轮，旅行社则写邮轮，大概是为了避讳落水而游的"游"字吧。蔡霞连死都不怕，还避讳游游水吗？

十　九

二〇二一年，在"霞满天"院里，王蒙终于见到了九十五岁庆生的蔡霞"院士"。

步小芹的"霞满天"长者院事业有成，她已经在全国建立了三座分院。她说蔡教授自从二〇〇五年春节联欢会上做了多种语言的朗诵以后，立刻被全院称为院士，其实她是教授，并不是科学院院士。还有人说是香港的浸会大学与北京师范大学在珠海合办了博雅学院，他们聘请了一批海内外知名的学者做该学院的院士。也行。

步小芹干脆说：蔡霞教授，现任霞满天长者院院士，院之名士学士，名正言顺，岂有疑义？

九十多岁了，蔡"院士"仍然挺直着腰身，脸上嘴角上呈现着幸福的笑容。

这样的气质与腰板，能不院士吗？

蔡"院士"的身世故事以多种多样的版本在本院包括

各地分院传播，包括了各式添油加醋。事迹经过了民众的涂染便变成了动人的传奇。最富想象力的说法是说她在伦敦留学时与一位名叫张伯伦、要不就叫丘吉尔的本岛贵族男友生过一个儿子，名叫约瑟。四九年蔡薛情侣回北京参加中华人民共和国开国大典，张伯伦或丘吉尔不让约瑟回"共产党中国"，她"忠、慈"难以两全，把孩子丢在了大不列颠英吉利。后来，儿子约瑟定居北欧。住在马尔默、卑尔根，或者安徒生的故乡欧登塞，或者惊世骇俗的挪威剧作家易卜生的故乡希恩，或者此前或此后他曾经待过的北极圈内的格陵兰岛。说法越多越离奇，生活的魅力就会越强有力，也就越来越现代和后现代。然后院士就更加院士化了。

院士本人主攻语言学，后来又都知道了她在剑桥选修过生物化学第二专业。在这个"霞满天"院里，没有谁说得清什么是生物化学，而她本人，回答旁人提问时说：生物是有生命活力的物质，有营养摄取，有呼吸，有排泄，还有细胞的生长与死灭。生物化学研究生物体的化学进程。还要用化学合成的方法，科学技术的手段来解决生物体的某些产生、抑制、调整与改变的进程。最简单地说，李锦记老抽与二锅头的生产就是生物化学。尖端一点来说，一八九七年毕希纳兄弟发现没有活细胞的酵母抽提液也可以进行复杂的发酵生命活动，从而颠覆了生机论。把无生命的物质与有机物质、离不开一定的物质的生命联结起来了。

解答之后，人们就更加糊涂敬畏了。人们理解，这样，女娲用泥土捏出人来，十分合理。蔡霞是"霞满天"的顶尖宝塔。但她之被人熟知，更多的原因是她朗诵的诗词与她的超高龄美貌。人们还说她一生学问深、经历惨、出身高、命运糟，才在十来年前在本院犯了精神病，破天荒的是，病着病着就好了，她有不一样的经历，不一样的学养，不一样的活力。

她大大方方，老而不衰，她的全身，她的颜面，每次让你看着都那么舒服顺当自在适意。不知道为什么，她的面颜上根本没有过多的纹络与干枯的皮肤，也没有任何赘肉，只有从容润泽和优美笑靥。所以她不显老，无须表现自己尚没有老。文化驻颜信可称，微微笑过醉芙蓉，哈啰你好皆如意，甘甜酸涩乐人生。她不显弱，更不会逞强。她的永远的含笑的表情透露着幸福与自足，文雅与高贵，她的声音平和淡定，她出现在任何一个场合都带来一股清风，使在座的其他人互视而笑。她的出现又永远像没有出现，像飞过了一只燕子或者飘过一朵薄云，除了愉悦，对一切都只有浮光掠影，高雅文明，没有瓜葛与掺杂，不黏糊。

曾经有过杂音，曾经有过尘埃，曾经有过病症，曾经有过过程，曾经有过对于陌生的比自己优胜的人的敌视；现在，终于功德圆满，院士修炼，与天为徒，天人合一，莫得其偶，是为道枢。

　　还有她的多礼，一个陌生人走过她身边，她会报之以和善的目光，一个人向她微笑，她立刻回报以春光明媚的感激，她似乎马上轻轻点头与收颏。而当有人叫着"大姐"或者"院士"向她致意的时候，她会缓缓地站立起来。你不禁惊叹，她站立得那样从容而且完美。不像有的老人，七十一过就不敢再坐沙发了，从软软的沙发上他会根本无法及时站立。医生说是老男人坐太柔软的沙发会有伤睾丸。长者院这里还有一位老画家，由于见到大人物急于起立，扭伤了腰。现在还每天用红外线理疗仪治疗。

二　十

为庆贺她的九五之尊生日，二〇二一年，院里举行了蔡霞摄影展，引起轰动。一些外来的摄影家赞不绝口；少数人则是称赞她的摄影用无人机。之后，自助餐聚会上，蔡霞应请求讲了她的南北极旅行故事。她说：

二〇〇八年，咱们国家的北极旅游开始启动后，我在中秋的第二天开始了南极之旅。只说到"旅"，且不说"游"，我不是仅仅旅游，我还是追求精神的救赎和世界的我尚不知的那一面。我的旅游是朝圣，是深省，是学习，是寻找归属。当然也是探险。我想更多地知道一点，我们活一辈子，离不开一辈子，却仍然说不清道不明的我们的世界。

……我们先到达了阿根廷的布宜诺斯艾利斯，然后从北到南坐了三个小时的飞机，到乌斯怀亚市海港，登上了豪华的游轮。我们经过了被称为魔鬼海峡的德雷克海峡，飓风每天二十四小时，吹倒了大冰山，激起摩天大楼一样高的海浪与雷鸣一样的轰响，吹得游轮颤抖摇摆吓人。而那里一座座的蓝冰山冰丘，是十万年才能形成的。还有一座座黑色冰山冰丘，五十万年才能形成。姜是老的辣，冰是老的黑，深奥严实啊，我们的世界的"极"点。

我们需要勇敢，也需要恐惧，经历了战胜了恐惧才有勇敢，才好吹牛。

极，就是终极，就是绝对，就是无穷。说法是，到了南极，四面八方十六路只剩下了北方。离开南极点，往哪儿走都是北，对于北半球的人来说，南极就是地球上的最远。当然，这是从地理学从方向与道路角度作出的判断，如果从数学从立体几何上画图论证，另当别论。

还看到了成千上万的企鹅，说是南极有六百万只左右的企鹅在那里生活，密密麻麻，白的白，黑的黑，黑背白肚的黑背白肚，有没有白背黑肚的我闹不清了。还有一种白脖子上系黑带，很绅士味道，俄罗斯人称它们是警官企鹅。我亲眼看到了一只鹰隼拿一只小企鹅当猎物，向小企鹅决杀俯冲，四只大企鹅迎战以身护崽，这里边肯定有小企鹅的父母，另两位大企鹅呢？它们有亲友、物种认同，和斗争底线哲学。

有大鲸鱼，鲸鱼能将海水喷到旅客的游艇上，也许是欢迎？人类后来认识到，人之屠鲸，太残酷，太过分了。我们看到了废弃的捕鲸船，我们对鲸鱼难免歉疚。南极也有大海豹，有一说是海豹的智力比猩猩更发达。

南极还有探险队员的坟墓，人是先锋，也有时是恶徒，是牺牲者，也是享受者。南极有我们中国的科学考察站，最早的站位于乔治岛。那里有一个小伙子是我的一个同学的孙子。我给他带去了国内刚刚度过的中秋节的一块广式月饼，我大叫着呼喊他的名字找到了他。我们游客的全部行李在阿根廷国内航班上不能超过三十市斤。一块从伟大祖国带去的蛋黄莲蓉月饼，引起轰动，在场的科考人员分而食之，有的感动得流了眼泪。

……后来去了北极，北极最多的动物是白熊。北极最吸引人的是极光，极光闪耀，我伏地痛哭。我在极光里看到了"坚强"两个大字，既然不怕活一辈子，就只有坚强二字。我留了影。去过极地的人都说，他们的心永远留在了极地与极光里。

二十一

世界怎么这么大，这么新奇，这么令人震惊？人生人生，你走不完你的人生，世界世界，你看不完你的世界。直至最后一分钟，你仍然觉得生未了，情未了，思未了，做未了；你仍然感觉到人生苦短，也就是人生甘甜，无论如何，请不要怀着对人间的冤屈与憎恨离世。蔡霞相信，南极本来是企鹅、鲸鱼与海豹的世界，鲸鱼已经生活了五千万年，企鹅是三千六百万年，地球本身是四十六亿年，而人类的存在只有三百万年。

人被天地被世界被大块创造出来，唯独我们有感知有思维有欢乐有痛苦有造孽也有反省，有夸大也有侵略，有反思也有坚忍。我们知道了学习。我们应该做怎样的人？做怎样的事？说怎样的话？痛苦怎样的痛苦？开心怎样的开心？我们这些远没有企鹅资深的新新一族群，我们足足地折腾了世界，一直到南北极，一直到太空，我们从灾难与成就两方面，应该得到启示与淡定。

国外有这样的惊天之论：人类应该要求自己，人类应该有所不为，不要使人类变成地球的恶性癌细胞。

你与幸福同行，与灾祸角力，被小人诬告，因不解而对一切津津有味，因大限而庄严，因辽阔而小心翼翼，因新知而热烈，因无端而难舍。

九十五岁的蔡霞与八十七岁的王蒙见面，她笑着说："我读过你的《夜的眼》和《初春回旋曲》。"

"什么？回旋曲？"我一怔，一惊。

《初春回旋曲》一直在我心里，发表以后没有一个人说起过它，以至于听到蔡霞的话我想的是，好像有这么一篇东西，可是我好像还没有写过啊。

似有，似无，似真，似幻，似已经写了发表了，似仍然只是个只有我知道的愿望。

她说："欧洲民间的轮舞曲，两个不同主题的对比。读着它，就像当真跳了舞。"

她笑得甜蜜。

"谢谢你。"

我问道："我不懂的是，您为什么二〇一二年，在您八十六岁的时候停止了全球化旅行，变成霞满天的'院士'了呢？按我的想法，您应该下一步是旅游到太空啊，可以上月亮或者火星的啦！"

她微微一笑，闭上了嘴，含笑莫测高深。

她说，太空旅行训练有点来不及了，她遗憾的是没有养一只小豹子当宠物、当儿孙，她希望在野生动物的观感中改善人类的形象。

步小芹小声告诉王蒙，"二〇一二年初，中日友好医院查体时候发现她的淋巴结有变化……"

我怔了一下，觉得自己越来越聋，戴上一副五万多元的丹麦出品助听器也还是完全听不清楚。同时非常后悔胡乱提问，转而用目光向小步挤挤眨眨说话："怎么你没有告诉过我？"

小步歪了一下下唇，轻轻挤了一下眼睛，她是想说"不要提这个事儿"，我以为。

蔡霞嫣然、淡然，而后我要说的是，蔡霞向我飘飘然地说："我，早就，忘记了。"

精彩，豪杰，什么样的风范、人物、面貌一新啊！！！

我心里还说："然而，你没有忘记连斯基·谢尔盖这个俄国名字。"谢尔盖——Сергей，出自拉丁文，本来就是高大上的意思。许多俄罗斯男人起这个名字。亲爱的高大上啊，你当然也可能通俗与一般化了一回。谁让你也是同样的部件、零件、螺丝与电流组装的呢？

王蒙心里还想，也许真的可以请求河北与山西动物园专家与驯兽师帮助，进太行山找上一个刚刚出世的华北豹小崽，请蔡老师养好一只豹子，丰富她的通向期颐的人瑞生活吧。

生

死

恋

蜂窝煤之恋

　　所以顿开茅只能从煤球与蜂窝煤并存的那几年说起。也许它们往昔的使用是对大气环境的破坏，雾气重重非一日之烟。此情可待成追忆，只是当时已惘然。按照同院长大的尔葆的"父亲"吕奉德最看好的德国法律，起诉煤球与蜂窝煤已经过了追诉期限。

　　最近不知道什么原因，顿开茅常常梦见摇煤球。煤球的烟味儿有一些哈喇，似乎还有发面丝糕与肉皮冻气息。蜂窝煤的烟味儿却有几分清香，但是香得虚假廉价。顿开茅，一九四六年二战结束后出生，他爹说他们是正黄旗，满族。或谓他们本姓纳兰，是词人纳兰性德一宗，顿是他爹参加革命时改的姓，避免由于人们对于革命的选择而贻害家在白区的亲属。其实满族无姓，弄个姓是为了对中原文化的认同。

　　顿开茅对人生对生命的第一个感觉是煤球烟。那时北京市民大多烧煤球，把煤末子与黄土掺和在一起，加水，用大柳条笸箩摇成玩具风格的球儿，大致路数与如今元宵文化一致。侯宝林说过相声，嘲笑外国专家用各种仪器检验元宵，不得制作元宵放入馅子的门道。善良的中华百姓，他们的科技骄傲是煤球与元宵。这种煤球由于煤末子与黄土不均匀，常常烧不透，那时垃圾堆上爬满穷孩子，他们拿着一种专门的铁爪，敲开烧过的茶色煤球，寻找剩余的仍呈黑色的"煤核"，凑几斤可以卖废品。孩子们爬垃圾堆捡煤核，是中华民国古都北平的一道风景，是堂堂民国气数已尽的刺心征兆。

到人民共和国以后，改善了煤球做法，实现了模具化与一点点机械化，煤球的形状是两个小铁碗互压而成，所有的球球都围腰显出肚圈，少了煤核，少了黄泥烧成的陶块。

烧煤球儿的时代与大杂院、养猫、满天麻雀与乌鸦还有猫头鹰与蜻蜓、萤火虫的记忆混杂在一起。蜻蜓那时叫鹨鹡，鹨鹡本意是一种小鸟，读"留离"。下完雨北京城到处都是鹨鹡低飞。还有槐树上的吊虫、冬天漫天大雪、电石灯下的炸豆腐泡与豆面素丸子汤的记忆浑然一体。顿开茅此生最初闻见的煤球味道，除上述综合丰满的念想以外还混杂有猫儿屎尿气息，这尤其腺腥得动人，泪眼糊糊，往事非烟，往烟如歌，几十年岁月不再，却是真实百分百。远去淡出，与你告别挥手，与院落墙上的猫的叫春号声一道渐行渐远。

在仍然寒风料峭的早春，春天的生气使猫儿躁动如狂，号叫如受刑，上房顶如功夫特技。猫的爱情与人相近，叫上几次，会见几次，结识几次，试探几遭，两情相悦，叫作缘分。在天愿为比翼鸟，在房愿为互叫猫。却也有互叫三夜，拜拜衣马斯的失恋。然后到了那一天那一晚，已经相识相悦的猫再闹上几小时，一分钟交配，又一声惊天动地的惨叫，雌猫屋顶打滚，完毕。生命的交响与小夜曲就是这样纯真动人而且尴尬可悲可怖。然后一切味道留在煤球的燃烧里。然后现代化集约化的民居没有了猫的惨叫与烧煤球的气息，现代化的兽医科学做好了所有宠物的去势，除了人自己，并留下了后患。

顿开茅退休以后有时怀念过往，惊今叹昔，相信古人孔子与苏格拉底都没有可能半辈子看到那么大的变化。极好的变化，也令人时感生疏与些微的怀旧。

从三进大院出门往左再往右三百米，是一家煤铺，那里的工人阶级个个脸上乌黑。那里的一个孩子，旧社会连续两年想上一家比较好的师范附小，没有被录取。那个孩子教给开茅唱《二进宫》："你言道，大明朝，有事无事，不用那徐、杨二奸党，赶下朝廊，龙国太自立为王！"顿开茅全身心地向往现代化与美丽中国，但是在他的猫爹（耄耋）之年，想念摇煤球黑头发小。他一直误学误唱，把上述花脸唱段尾句唱成"自立，威武"！

要点在于顿开茅家烧煤球的当儿，他父亲顿永顺服务的吕先生家里烧的是蜂窝煤。后来又率先改液化石油气，改天然气。白净的、戴过好几样眼镜的、最初高高在上的吕奉德先生像是天上的大神。蜂窝煤烧起来没有不良刺激，烧出来仍然保持着原先形状，直接夹出来就行，减少了煤灰。而用烧火棍捅下去的灰白的灰，轻轻细细，碰到一点风就成烟雾，像后来舞台上常用的喷雾剂——二氧化碳干冰。它更高级，好像还有点老练，如果不是阴柔。

吕奉德先生住在大四合院的二进。第一进住顿开茅一家与司机。第三进住厨子、清洁工与园丁。第三进后还有果园，樱桃和枣、梨、柿子、香椿。而最重要的是藤萝，架上紫花串串，香气袭人，摘下花串，放上冰糖，与面粉一起做成藤萝蒸饼，令人雀跃。

蜂窝煤曾经是一种新技术，说它是用无烟煤制成的蜂窝状圆柱形煤体，由原煤、碳化锯木屑、石灰、红（黄）泥、粉等混合基料和硝酸盐、高锰酸钾等组成的易燃助燃木炭剂所组成，有十二个孔。

在煤气、液化石油气特别是天然气已经成为家用主要燃料的当今，在能源早就实现了管道化网络化全民化的二十一世纪，品味着关于蜂窝煤的说法中的物理、化学、能源、技术元素，顿开茅仍然保持着某种敬畏和依恋。

可惜的是记忆中煤的形状不大像蜂窝，倒是像均匀切开的一截一截全等的乌黑的藕，切薄一点，就更是美丽的黑藕片。

　　吕先生是个人物，无怒而威，无言而博，无姿态而气场深邃无底。吕先生的夫人苏绝尘老师也是那样的非同小可，气质高雅，举止迷人。据说她是在法国马赛留过学的人，回国后没有外出做过事，静静地待在家里。说是她协助吕先生的专业学术与社会生活，无求于家外大世界。她的笑容如莲如菊，清新喜悦，你只在法国小说里的插图上见过这样的笑意。她的笑靥更是黄河以北罕见。他们家有别的家里看不到的自动拨号电话机。当时的城区电话五位数字。据说更早是把电话固定在墙上，拿起电话，有电话局的接线生与客户联络，客户报告说"请接2局（西四、平安里一带）2508"，然后说话，如果2508有人接电话的话。

　　顿开茅的父亲顿永顺，是组织上派来协助吕先生管理这个院子的，相当于吕奉德先生的管家，但是那时已经不时兴"管家"一词了，顿永顺被称为顿秘书或顿主任。开茅长大以后，怎么看怎么觉得爸爸永顺个子像篮球队员，声音像歌手或广播员，姿态却像旧社会的跟班。更重要的是顿永顺的眼睛，他长着特别迷人的宛转的眼角，雅致而又灵动，鲜活而又痴诚，加上他的浓重眉毛，招引着偶然邂逅的目光。顿秘书常常到吕先生家里请示报告，商量夏季除蚊、深秋弹棉花、冬贮白菜、采购年货、卫生免疫、接种打针种种事务。永顺同志满面含笑，双手中指按着两边的裤缝，礼节绵密，京腔悦耳，举止透着老北京的文明周到。尤其是顿永顺与苏老师说话的时候，他们的相互笑意令人愉快升华，加强了他人的全面自信自爱。

吕先生不上班，但是常常被莫斯科人牌专车送到这里那里某个地方开会说话。然后他回来读书写字。他家客厅正墙上，挂着一个镜框，内有几行德语文字和中文，是他本人译出来的歌德名言："阳光越是强烈的地方，阴影就越是深邃。"说什么那两行德语文字，是汉堡大学校长给他题写的。他家里有一台日本产留声机，从他们的房间时而传出"百代公司特请梅兰芳老板"演唱的《甘露寺》《霸王别姬》，还有周璇的《花好月圆》。开茅不久就熟悉了"和衣睡稳"与"凤衫翠盖，并蒂莲开"这样的不知其详不知其义的唱词。有时候，还可以听到苏老师对于梅老板、周璇的声与魂的应和跟随。

大约二十世纪中叶，吕先生似乎摊了点事，一天被带走了。永顺秘书同志也被找去谈了一些次话。

人们发现，苏绝尘老师的坚强冷静出人意料，她的脸上偶尔现出一点皱眉的表情，此外，若无其事。次年夏天，在意外的变故冲击中岿然不动的吕夫人生了一个儿子。这个孩子非常可爱。

然后有一些悄悄议论。

又过了一年，让苏老师和她的儿子腾出了本大院最好的位于二进的房子，迁至一进，他们变成了顿家的同等级街坊。苏绝尘仍然悄然淡然，稳若青山。

二　宝

　　姑且假设苏老师的儿子二宝（后正式名尔葆）出生那年顿开茅是十岁，小学三年级，少年先锋队员，红领巾。顿永顺四十六岁。吕奉德五十三岁。苏绝尘三十八岁。别的人，读者可以分析设定他们的年龄。

　　要点是，儿子三岁时候，不知道爹爹出了什么事的苏二宝戴着一个当时少见的法国帽子，照了一张相片，多年后见过世面的一些"海龟"，告诉土鳖们那是二十世纪法国制帽老厂特莱克来特制作的马洛牌防紫外线压舌平顶帽。帽顶像西瓜似的切成四部分，两两相对，显现出深浅灰黑色方格图案。娃娃的照片光彩照人，娃娃的帽子迷人。本市最最著名的王府井中国照相馆以奉送一张十二寸涂染彩色照片为条件，取得了二宝妈同意，将一张更大的染上彩色的二宝三岁标准像，在当年六一国际儿童节放在照相馆橱窗里，向世界示好。

　　永顺对开茅说，人民共和国初期，有一张摄影作品，题为"我们热爱和平"，那个年代苏联与国际共产主义运动，都懂得强调和平与民主，和平运动在全世界开展得有声有色。中国那个与女孩一起各抱一只和平鸽的歪着头的男孩，太可爱了。此外，人们没有看到过这样的小男孩，直到二宝出现在中国照相馆的橱窗里。二宝更小更纯，当然。而那个和平鸽男孩，据报道还由于上了图片，骄傲自满，不守纪律，至少是一度跌进了思想品质不端的泥淖，成为全国少年的一个走弯路然后转变的典型。

甚至招揽了参观者，知道了这个三进院子里有那个在橱窗里微笑的男孩子以后。男孩子为自己、自家、所在的院落带来了光彩，招来了当时还不懂得的一个词儿：粉丝。粉丝本来就不值钱，但是曾经很长时间需要登记购货本儿才可以买到限量的粉丝与芝麻酱等。那时的人非常好说话，都体谅大局。

十多年后老顿退休了，吕奉德出狱回大杂院，他们家早已从二进院子内迁出，腾出了大院最好的一组房室，搬到一进。所有当年的服务人员早陆续走掉了。老熟人只剩下了顿永顺，而吕奉德变成了刑满释放人员。天下没有不散的筵席。吕先生换了一个人，除了吸烟，还是吸烟，他把烟吸到鼻腔口腔，进入五脏六腑，吐出来时烟的颜色发黄。他的头发变得非常稀疏。他显得萎缩、丑陋、低下、寒伧，还加了些挤眼、歪嘴、颤悠腿与干咳等过去没有的毛病。

苏老师据说也犯了两次脑动脉血栓堵塞，都医疗康复过来了。其实他们夫妇体质底子不错。苏老师语言偶有吐字含糊，表情偶有与话语内容脱节，早了半秒或晚了半秒，但仍然保持着原有的风度，特别是她的笑靥姣好依旧。

而顿永顺恰恰在退休后显示了他的文明得体、人脉众多，举止进退恰到好处。即使政治运动啊，阶级斗争啊，背对背揪出一小撮啊，闹得不善，对此位自我感觉良好、翩翩浊世之佳老汉，并没有什么影响。有一位延安老领导对他很好，说是许多坎儿上他都得到了保护，他好比放入了红色保险箱，够幸运。

有一次夜半时分传来吕先生的怪声如狼嗥，然后是苏老师的压抑的哭泣，他们儿子二宝名字也被提及。他们为了二宝的事而争执？他们的儿子叫作二宝，没有大宝为什么叫二宝？后来才知道，孩子叫尔葆。尔葆还是二宝？小名二宝然后学名勉强定为尔葆？他姓苏不姓吕？文雅的名字尔葆被文化层次过低的人们误为二宝？哪个说法比哪个更正确一些呢？

没有人知道，没有人发现，吕先生与吕苏氏这一家发生了什么问题。文明与不文明相距何远！文明的特点是光鲜，不文明的特点是闹腾。文明的特点是收敛，不文明的特点是逆风臭出四十里。

但是开茅听到了那一夜晚的苏家——由于十多年不见，街坊们已经不习惯说他们家是吕家——的惨叫，当他说到这个情况的时候，他的爸爸老顿突然变了脸色，警告儿子："不许议论旁人家的事。"

那天晚上永顺爹爹自己就着酱烧笋豆喝七分钱一两的散白酒，酒辣而且略臭，喝一口，顿永顺张开口嗞嗞哈哈半天，像是患了牙周病。

那天顿开茅也心情恶劣，他突然问父亲："今天我说到苏老师家，你吃那么大的心干什么？你究竟干了什么缺德事害了人家吕奉德与苏绝尘？我问你，你是不是坏人？"

"浑蛋！"顿永顺骂道，他抄起了酒瓶，就要向开茅头上砸去，突然泄了气，坐下来抱住自己的头，摇手，他结结巴巴地说，"不是的……不是……"

十多年来，大院里陆续搬入了新人六家，一家卖煎饼，大门洞里常常放着一辆装有炉火炊具的手推车。饼铛与各种令人垂涎的佐料。但只卖了一年不让卖了。有三家无固定职业。有一家丈夫是医生，夫人是托儿所保育员。还有一家大女儿说是在公共汽车上售票收票。

后来本大院又在后花园里盖起了住房，拆掉了藤萝，再砍挖别的果木。顿开茅心目中，古老的北京从此少藤萝了，院有藤萝的北京人家，从此不再。有时历史就是从自己身边开始与形成的。三加一进院子，后来是十二个家庭，一个蹲坑厕所，一间室内抽水马桶。幸亏胡同里有一个气味极止的公厕，顿开茅一家很少用本院厕所，而是依靠集体公厕为主。第一进院子里一个水龙头，第二进厨房里另一个龙头。除二进后来的主房医生家外，每家一个水缸、一只水桶，从早到晚，谁一开龙头，第一进雷声滚滚。

　　随着岁月消逝，夏天雨季各室漏雨的现象越来越频繁，那时的街道即现名社区的工作还是很不差的，随漏随修，随修随补，随补随渗，随渗随漏。大院里违法建筑与人口越来越多，其他物种苍蝇蚊子刺猬猫儿狗儿燕子麻雀蝙蝠越来越少。街上收垃圾的车子，放着《学习雷锋好榜样》的唢呐曲调，按时收垃圾。生活稠密，秩序井然，革命人永远是年轻，社员都是向阳花，山连着山，海连着海，各种歌词慷慨激昂，反帝反修反反（动派），气氛热烈，绝不闷得慌，我们走在大路上，意气风发，斗志昂扬。

　　后来第一进院子，一个重要女孩儿出场。

山里红

好的，小说人年事虽已渐高，他设计的每个人年龄大体靠谱。小说人长期以来说嘴，夸自己数学成绩高于爬格子同行，直到一天把稿费通知多看了一个零蛋为止。顿开茅二十一岁时发现，虽然表面上看不出来，吕先生的回家带给曾经温文尔雅、佳丽天成的苏绝尘老师是沉重而不是温暖。文明的家庭善于潜藏矛盾，埋伏危机。顿开茅此时刚刚作为"文革"前入学的大学生，被承认了毕业，就任了二宝就读学校的英语教员。苏绝尘老师给他留下的美好印象不可磨灭。他早已猜到，他愈益肯定，苏二宝似乎不是吕先生的儿子，是谁的，他不想也不想想。吕先生回来后，渐渐地，这一家虽亲犹疏，度日维艰。或无声无息，或长吁短叹。

最要命的是二宝。二宝的班主任曾经与开茅谈起这个学生，问顿老师二宝家里出了什么事。班主任告诉顿开茅老师，苏尔葆原来功课极好，循规蹈矩，温文尔雅，被班主任视为最爱。但是苏尔葆近来突然变得一声不吭。班干部反映说他每天从早到晚，从上课到下课，一句话没有，老师点名提问，他站起来，嘴动、舌动、牙花动，不出一点声音，完全成了哑巴。他的这种情况把班上的一位女同学吓哭，令一个老师大怒，令几个老师害怕。班主任找了尔葆到办公室谈话，他自头到尾，没有出一声。她以此为理由要求学校处理，校长查看了尔葆的考试成绩与几个学期操行鉴定，认为尔葆无疑是全校最优秀的学生之一。班主任自费带着尔葆检查身体，孩子对医生的提问，做出了一些回应，是或者不是，有或者没有，出声有三四次，嗯，没事，是，行……最后医生也没有说出什么道道，基本上没有诊断，医嘱是适当吃一点韭菜、豆类与葱姜，还有能治百病的萝卜。

最近情况更加严重，尔葆的数学考试成绩很差。不等说完，顿老师告诉女班主任，苏尔葆的父母上月同时病倒了一回，两个人躺在床上呻吟，十二岁的尔葆照顾他们的吃喝拉撒睡看病吃药。单位那边、街道支部那边都来了人，从钱财上与人力上帮助了他们，他们感激涕零，但是家里真正的台柱子仍然不是街道与单位同事同志，是谁呢？是少年苏尔葆。顿开茅没有说的是，他老爹顿永顺，敲门进入苏家，欲为老邻居老主家老领导帮帮忙，被吕先生哀号着劝拒出来了。顿开茅也曾多次到二宝家里帮忙。那天二老同时呻吟的半夜，他听到了动静，帮助二宝，用借来的改装摊煎饼车，将吕先生与苏老师送到了医院急诊。

在顿开茅断定吕苏这一家三口确实是崴了的时刻，忽然来了一个女孩，是二宝初中二年级甲班同班同学，红小兵小队长，左袖子上别着带一道横杠的官阶标志。她带了四个同学，五个人忙活了一阵，打扫卫生，担水灌满水缸，还帮助二老洗了澡。

后来是小队长自己常来。她名单立红，开茅一听，什么？山里红？人怎么起这样一个麻利快的名字！果然，人如其名，名如其人，就是利索痛快的小大人。

最大特点是小心眼里有活儿。来到苏家，人还没有坐下，已经开始捡地上的碎纸。她扫地擦桌子晾晒被褥拾掇垃圾，她烙饼炒鸡蛋擀面切面炸黄酱调芝麻酱，炖茄子炖吊子炒鱼香肉丝虾皮丝瓜。她听说了开茅半夜帮助尔葆推车送父亲看急诊的事迹以后，竟来约会大哥哥开茅与我们小弟小妹共进晚餐，使开茅对小天使小队长单立红钦佩不已，坚信吕先生苏老师苏尔葆一家吉人天相，命不该绝，天降仙童，修来的福。

随着单立红到来，尔葆略略说一点点话了，比常人少，比先前多。尔葆更多情况下是看着立红，不说话，也有时候心不在焉，不知他想什么，笑一笑，很快失去了表情。

过了一年，两个孩子，都告别了代替当年少年先锋队的红小兵，然后继续常来这里的单立红帮助苏尔葆加入了共产主义青年团。不是完全顺利，在立红成为初三此班的团支部书记以后，又费了一年多的时间，在双双升入高中以后，尔葆才成为了中国共产主义青年团团员。

苏家大体正常。危机渐渐沉潜。苏尔葆寡言少语，顿永顺活得"恣儿"而且"赞"，苏绝尘弱质千钧，吕奉德外干中强。吕先生坐在早年购置的大藤椅上，有时一动不动，有时嫣然一笑，苏老师甚至打趣说："哎哟，您还是'巧笑倩兮，美目盼兮'呢。"吕先生只是苦笑，一天无话。

吕先生终于成了百分之四十一的偏瘫人，半坐半躺，少用饮食，突然原文背诵一句歌德名言："阳光越是强烈的地方，阴影就越是深邃"；突然唱一嗓子舒伯特谱写的福格威德古老德语诗句："菩提树下，你们可以看到我们俩，亲昵地摘草寻芳"，原来菩提树不仅可能在印度荫庇释迦牟尼佛陀修炼与觉悟。然后吕奉德用不同的语种骂一句带有强烈不雅动词的粗话。有时候对立红说一句"谢谢你"，或德语的"菲林，但克"。后来立红有一次告诉开茅，最可怕的是不知什么钟点，吕先生清醒明白、口齿清楚、准确无误、文明礼貌地说一句："我觉得我已经完全失去了活着的意义，是不是呢？"立红同时说："我的尔葆同学太坚强了。您说呢？"小小的山里红对二宝的爱慕溢于言表。

立红向开茅老师说起尔葆家事的时候，如果尔葆在一旁，定会皱起眉头，脸色发红，额头现出汗珠，牙关紧咬。开茅甚至想制止立红说这些话，但是立红完全不在意，她从各种意义上，胸怀坦荡，自信自得，无惊无忧，碧空如洗。她以红小兵、共青团、时刻准备着以学习学习再学习的名义，把活计献给尔葆同学与他的父母，并且诚实负责地与顿老师交流沟通。顿老师也确信，尔葆一家，谁谁都离不开能干与善良的山里红小红果了。事实不需要额外的理由，大家信服。

山里红长着一双北方人中很少见到的大眼睛，闪闪透亮。一个前额小锛儿头，显示了智力与倔强。她个子不算太高，全身都是力气与机灵。不但帮助了尔葆家吃上热乎饭，还使两位老人各得其所。她同时常常与苏尔葆一起做功课，他们互相督促交流，令人赞美。而且是她后来为全院各家带来了土暖气与水龙头。她的父亲是自来水公司工会干部，依据自来水服务规划，收了最少的成本费，给各家接上了管子，开初用蜂窝煤的炉火，后来用液化石油气点燃，做成了炊事用火与冬季取暖用热的合体供水与热力系统。原来根本不用多少技术，装进水，在一端烧上了火，热力的循环就会自然妥当进行，道法自然，暖发火焰，气走天然，水流循环。立红是苏家小天使，立红不但是红小兵的原小队长，也是这个三进大院的最受欢迎的小队长与团支部书记。立红自己的家离这里有公交车三站地。人们更多地看到的是立红在这个三进大院里，拿着标准的体育用尼龙绳和孩子们一起跳绳。她带领着十来个少午唱"就是好，就是好好好"，和"啊，朋友再见"。她与同院的孩子们竞赛背诵语录与革命烈士诗。她受到了三进大院男女老少的欢迎，只有二宝的神色平淡一点。在大家眼中，他与立红已经是一家人，已经公认，他们是姐弟，说是山里红比二宝大二十天。要不他们就是，或即将是——一对小夫妻。

　　稍稍有一点可惜的是立红的牙齿没有长好，不懂得为什么她的牙齿七扭八歪，口型不太规整，她的下巴也看着不太对付。一开头开茅怀疑立红先天性唇腭裂，当然后来做了校正弥补手术，手术是成功的。后来有机会做更切近的观察，顿开茅断然否定了自己原来的判断，立红的嘴唇无懈可击，只是牙齿排队排得不十分规整，她张嘴的时候看着还过得去，闭上嘴不知为什么让人感到一小点别扭。开茅为自己感到羞愧，他不应该胡思乱想，他没有道理挑剔天使，不能不尊重时刻准备着助人为乐的接班人。他想，生活得美满与否，与牙齿不无关系又并非一定有关，世上谁的牙齿是完美无缺的呢？应该做的是管好自己的事，在时代风雨中平安成长。福或者毁灭，这是一个需要智慧与乐观态度、同时绝对不能犹豫与软弱的问题。

纳兰顿永顺

　　终于轮到了说说顿家奇葩事迹。顿家，不是善茬儿。一九一〇年出生的顿永顺帅哥上几辈养尊处优：影壁墙、假山石、雕梁画栋、荷花缸、金鱼池、肥狗、胖丫头。早起小茶壶对嘴儿，得空儿水烟袋吹气儿如涨潮开锅，咕噜咕隆咕咚咚；变戏法，唱京戏，斗纸牌，手指一摸就知道手里的麻将是七条还是二饼；喂蛐蛐，养蝈蝈，更喜欢的是听鸽哨与收集鼻烟儿壶。后来家道中落，罐里养王八，越养越抽抽，故家不堪回首月明中，到了永顺父亲辈儿已经沦落不堪。永顺的爹小时因患病吸过两口鸦片，从此他不务实事，少吃少喝少穿戴，却又多才多礼多嬉笑。逢人对面称您老，不在场称您（音tān），送客（音qiě）感谢话堆一车，迎客（音qiě）客气话堆成山。迎接来客他常常拿出茶碗，请人家看自己泡的茶水中茶叶棍（梗）是竖立着的，而茶叶棍立起来，证明的是贵客光临。

尤其是，吸过几口鸦片的永顺他爹，原姓名是南荣锦。他喜读书、作诗，还有给孩子讲古。说南姓来自那拉，也写作纳喇，还可以写为纳兰，更好听也好看一些。是清朝灭亡后，按照读音反切，与汉民融合，改成南姓或那姓的。如果是纳兰呢？他们就是词人纳兰容若的一宗了。但是不一定，纳兰中还要分成四个大支，合久必分，分久必合，而不管是分是合，既然纳兰了，就是词人一支，你愿意说慈禧太后一支，也对。他个人，要将纳兰性德当作先人。

　　到了永顺这儿，他爹早早把他送到绸布店学徒，力图不再走无业游民的歧路。培养了他的满面春风与垂手聆听的规矩举止。一九三五年十二月九日，二十五岁的顿永顺被全民抗日怒潮席卷，他以店员身份参加学生运动，帮助几个被警察追捕的大学生逃逸，匆匆中见到了美国进步记者斯诺原夫人海伦·斯诺。后来永顺与大学生结伴到了延安。三闹两闹，他成了鲁迅艺术学院学生，娶了媳妇，入了党，写过革命歌词，进入了一个文艺机构。一九四七年他因为"男女作风"问题，其严重性达到破坏军婚地步，险些被处决，他受到开除党籍等一系列清洗处分，老婆也与他离了婚。一九四九年以后，一位老首长帮助他将原来的处分改为"留党察看两年"，就这样恢复了党籍与革命干部的荣耀。

　　一九四六年，永顺媳妇生下开茅。永顺与妻子分手后，兵荒马乱中可怜的开茅被一位单身老革命赵大姐所喜爱领养，直到十岁，一九五六年革命大姐赵妈妈病逝。二次婚姻后又因自己不"老实"与妻子分居的顿永顺，领回开茅，父子团圆，使开茅进入他们的三进大院。儿子模模糊糊地觉得自己的父亲不是个太好的人，而与老大姐的十年家庭生活，培养了他高大上的眼光与从严要求一切的习惯。他阴沉冷峻地看着父亲，他无法不轻视父亲。而他寻找母亲的结局是，人们告诉他，在他刚满两岁时，一次遭遇敌人偷袭，星夜山路转移过程中，生身母亲不幸失足坠崖身亡。偷袭是国民党的一位司令指挥的，他从共产党身上学到了一些以奇用兵的战术，后来他起义立功，成为新中国的显要。但是顿开茅仍然无以释怀。他摸不着生父的底，他永远失去了生母，他的最亲爱的革命大姐养母去世，他过早地品尝到世事无常与处处可危的滋味。幸好，在三进大院中，他喜欢尔葆家老小，他感觉到吕苏二老保留着某种学问与知识的文明。他尤其莫名地喜欢苏尔葆，二宝。他看着尔葆的眼角与眉毛，有一种特殊的亲切感。听着他说儿童荒诞主义的童谣："一个小孩写大字，写，写，写不了，了，了，了不起……"看着他长成一个少年，一看就是那样文明自律听话。他想起了一个词儿："克己复礼"。批孔的时候他第一次听到"克己复礼"一词，一直到见到了少年苏尔葆，他总算看到了一个克己复礼的活人，一个榜样，一个符合千年理想的样板少年。他觉得克己复礼还是可爱的，比纵己非礼好，同时他看着二宝，觉得怜惜，毕竟复礼的时代早就过去啦。

顿开茅已经多少知道了，女生，是他爹犯错误的根由。对于异性他不无提防。他一次又一次被友人包括领导介绍"对象"，在各个"对象"的情意闪耀与肢体接触的温柔中他闪转腾挪，躲避着当真的情感，更不要身体与器官的丑陋。一遇想男女的那种关系，他就觉得自己会是摧残伤害污染清纯女孩儿的猛兽。同时每到最后一步他都相信应该有更美更好的女生在下一站等待着他，他越来越为尔葆与立红这对小男小女的情谊而赞叹，却忘记了自己的生活。二十大几了，他还是一个人。

一九七六年，六十六岁的顿永顺患肺部肿瘤，千辛万苦地治疗了三年半，不治。弥留之际他对眼前唯一的亲人儿子说了一些含糊不明的话。他说："我其实是个小人物，赶上了大舞台，我这一辈子过得很值。历史与个人，革命与生活，哪样都没耽误。没有办法，你爹有女人缘儿，一辈子喜欢过我的女人三十七八个，至少，如果放宽尺度，那就不计其数。不要胡思乱想，我说的只是喜欢，我也喜欢她们，如果谁也不在乎谁，又何必辛辛苦苦地走一趟男男女女的阳间呢？你也该……"他说了"成""家"二字，开茅立刻表态接受，并说他正在与一家报纸的记者，上海人，用上海话说叫作轧（gá）朋友，他们已经谈妥，年内结婚。永顺说"纳勒金德，我腾出地方来了……"这是顿家唯一传承下来的满语，nelejindé，是"好"的意思。而纳勒，说到底也是他们的种姓。

然后永顺爹爹哮喘憋气，面孔发紫，他说："对不起，妈……"开茅听不明白，爹为什么说对不起妈，还是说对不起奶奶？他忽然明白，爹是说对不起儿子他妈。开茅泪如雨下。"我一无所长，一无所成，我是个浑蛋，坏蛋。我喜欢过，她们也喜欢过；枪毙了，我也认为理所当然，那是应该的……"最后咽气的时候，爹说了或者可能是什么"照顾你弟弟"几个字，或者不像是"你弟弟"，是"米痢疾"？"己卿细"？开茅心里好像泼上了汽油，点燃了火，忽地一下子，他两眼发黑了：到底有多少地方还有需要我照顾的人？

然后他清醒过来，他亲了一下父亲的脸，父亲的脸孔显得柔软。"爹！"他叫了一声，很可能，有记忆以来，这是唯一的一次亲近与呼唤。父亲没有回答，父亲的眼皮动了一动。

三个半小时后，父亲的心脏停止跳动，血压线成平直的零。父亲的脸上有一丝笑容，真的。医生护士都发现了这个笑容。

回想一九五一年，父亲结了第二次婚。那时开茅五岁多，与革命大姐一起生活，不知道他爹的这些事儿。等到开茅八岁，继母也离开了家，也是由于永顺爹爹的"作风"问题。父亲与他的后夫人没有离婚，据说父亲有时还会到继母的住所去，但是开茅没有见过继母。父亲的遗体告别，继母原来说来，后来说是病倒在床，没能来。

永顺的去世使开茅失魂落魄好久。二十年了，他们在一起。父亲毕竟是父亲，说起老年间旗人享福的事情令开茅神往。风一更，雪一更，聒碎乡心梦不成，故园无此声，旧梦已成齑粉，乡音已经不传，他们经历的，是一程山，一程水，一更风，一更雪。说起他犯过的错误，他也没什么隐瞒。他说："我其实很骄傲。这样的事我不能对你说，我是福大命大，招人疼，包括（样）板儿团的角儿，她们喜欢我。我不能说不（他把不字拉长了声音，而且改作阴平第一声，他拼命丑化这个'不'字）。你要知道，一个男人不能对好女人转过脸去。你可以犯杀头的错误，你也不能让她们失望，而且丢脸。一个女人真的如她所说爱上了一个人——这个人不是别人，就是你，并且，她也是你喜欢的女人——你不能对不起她。我这一辈子活得一点也不冤。"

"少废话。要不我走。"开茅从来没有像那一次那样轻视他的父亲，"你怎么能不想想……"开茅想说的话并没有说出口。永顺父亲的脸上显出了惭愧与失望的表情。开茅轻轻地叹了口气。

"其实，男人也很可怜……等闲变却故人心，却道故人心易变，这也是纳兰先人的词……"

一辈子没怎么见过他读书的顿永顺居然能够背诵先人的诗词，从中医学来说是父亲的心迷、神移、三伤、痰涌造成的。"人啊，人，可怜……"他说话的声音更加轻微了，如果开茅驳斥追究，父亲一定不承认自己说了什么、辩了什么。

后来，女作家戴厚英写了长篇小说，题为《人啊，人》。女作家与诗人闻捷的悲剧与传奇性的爱情，令开茅激动不已。

"人啊，人"，最初还是听永顺爹爹说的呀。

"人是没有出息的，人就这么几十年，没有'以前'，也没有'往后'。没有，你难受；有了，你腻歪。"也许只是开茅假设，他爹说了这些话。也可以假设什么都没说。爱嘟嘟的人当然是弱者。

怎么是肺癌呢？父亲经常吹嘘自己健康、吃苦、顽强，"经拉又经拽，经洗又经晒，经铺又经盖，经蹬又经踹"，他用卖布头的推销歌谣比喻自己的身体，侯宝林的相声里说过这样的妙句。父亲在六十大寿的时候还用手捶响自己的胸腔说："我仍然年轻啊！"然后他告诉开茅："上月我检查了身体，各个零件，各项指标，都与医书上印出来的国际标准完全一个样。"

怎么会忽然得了癌症呢？

确信自己身患绝症住进医院以后，父亲对儿子说："这也是报应！"儿子没有回答。父亲的嘴角咧了咧。

父亲死后，儿子才明白，原来死神与报应离自己是那样近。儿子严肃地思考，他的生活还会得到什么样的应验呢？

父亲死后一年里，开茅梦到他五六次，他梦到踽踽的爹爹，是不是人走了以后会有一种无家可归的苦涩？路灯风中摇曳，电石灯闪烁，传来火车机车的咣哧咣哧声音，有汽笛，更有机车轮与杆与铁轨的碰撞。黑影化的父亲愈来愈高大伟岸，也愈来愈衰弱孤单。开茅看过曹禺名剧《雷雨》好几回，他最感动的是火车头的效果。火车头的效果比周朴园与四凤妈妈的见面还令他感动。话剧第三场，半夜鲁家，火车头响动，真切得叫人颤抖落泪。雷、雨、哭、诉、呐喊、咣哧咣哧，这交响构成了他先验的童年的忧思、沉重、悲悯与改变的决心。小时候他多次夜半听到火车机车的鼾响，他们家离西直门火车站近。

后来各种高层建筑渐渐把机车声音封锁，再说蒸汽机车也被电气机车取代，蒸汽机车雷霆喷嚏式的特有音响随即消逝于神州大地，开茅只能在曹禺的话剧里温习声音的记忆。比起四凤、周萍、周冲、蘩漪和鲁妈的台词，夜半响起的遥远而悲怆的、不得休息也不得缓冲的火车头声，让开茅觉得更加失落与悲怆。

梦中的火车头响起蚀骨的老音响，梦里的父亲是真的老了，他摇摇晃晃地走着，好像打着一个纸灯笼。走着走着，倒在了地上，纸灯笼点燃起来，然后，父亲与灯笼飘散无迹。

几次做梦，有一次父亲说了句话，话没出声，但是开茅听见了，爹说的是"没有……什么都没有"，没有什么呢？是出息？是幸福？是意趣？是良心？是事业与功勋？开茅想起了"报应"二字，他顿时惊恐地叫了一声。他在梦醒后暗下决心，必须汲取父亲的经验教训，一辈子不做坏事，不做对不起女人的事。尤其是对你来说，恩爱如胶漆、美丽如花月的女子。他还想起了地地、弟弟、细细、觅觅、唧唧、历历。他下床站立起来，去了一趟洗手间擦脸漱口。

年　表

让我们再捋一下岁月和人：

1898年　　戊戌变法——百日维新失败。

1903年　　德国学术专家吕奉德出生。

1910年　　满族美男子、老革命顿永顺出生。他的父亲
　　　　　是没落贵族南荣锦。

1911年　　辛亥革命，推翻满清帝制。

1918年　　著名苏联影片《列宁在1918》写的就是这
　　　　　一年。吕奉德妻子、在法国留过学的苏绝尘
　　　　　出生。

1935年　　二十五岁的顿永顺参加"一二·九"运动，次
　　　　　年抵延安。

1939年　　二十九岁的顿永顺结婚。

1946年　　顿永顺的儿子顿开茅出世。

1947年	顿永顺犯破坏军婚错误，开除出党，后与妻子离婚。儿子被赵大姐领养。
1948年	顿开茅生母在山路星夜转移中坠崖身亡。
1949年	顿永顺恢复党籍。
1950年	顿永顺就任吕奉德庶务主任助理，亦称秘书，与吕奉德同住大院。
1951年	顿永顺二次结婚。夫人姓名职业不详。
1955年	吕奉德卷入"胡风案"与一件里通外国案，身陷缧绁，锒铛入狱。顿永顺二任妻子又因顿的"作风"问题与之分居。赵大姐过世，顿开茅回到父亲身边，住进三进大院。
1956年	吕奉德入狱约十个月后，苏绝尘的儿子二宝出生，后正式取名苏尔葆。对二宝的出世，有一些不雅的说法。
1964年	顿开茅开始在外国语学院上学。
1965年	吕奉德刑满释放回家。
1969年	顿开茅就任苏尔葆就读小学的教员。
1970年	单立红出现在三进大院。已经停止了四年招生的各高等院校开始招收工农兵学员。开茅调到外语学院，任助教。
1975年	苏尔葆、单立红双双中学毕业，两个人都因

为父母患慢性病没有下乡接受再教育，分配
到城建局建筑工地做小工。

1976年　六十六岁的顿永顺因病去世。

1977年　新年，顿开茅三十一岁，与上海籍报社记者
王明光结婚。

1978年　十二月，十一届三中全会，改革开放新时期
开始。尔葆与立红考入大学，1978年春季入
学，算是1977届大学生。尔葆学的是中医，
立红学的是有机化学。什么叫有机化学？
立红解释说："好比六必居酱园与王致和臭
豆腐。"

1979年　组织上为吕奉德平反，推翻了一切"不实之
词"。秋天，吕先生住进医院高级病房。同
年，苏绝尘被聘请为本市文史馆研究员。她
的病情有一些好转。开茅任外语学院讲师。

1982年　吕奉德病逝，享年七十九岁。晚报上发表了
一篇悼念吕奉德的文字，指出他是德国学的
一代宗师，并在三年解放战争中在许多方面
支持了地下党。

1983年　过去只承认是同学关系的尔葆、立红，终成
佳偶。他俩都是二十七岁。两个人也都大学

毕业，有了不错的工作。开茅获得副教授职称。

1984年　苏尔葆赴美留学。三进大院住房拆迁，在原址建起了港资豪华会馆，主要给外籍官员巨商提供服务。苏绝尘、顿开茅、单立红迁至南五环外原大兴县地域。

……时间，你什么都不在乎，你什么都自有分定，你永远不改变节奏，你永远胸有成竹，稳稳当当，自行其是。你可以百年一日，去去回回，你可以一日百年，山崩海啸。你的包涵，初见惊艳，镜悲白发，生离死别，朝青暮雪。你怎么都道理充盈，天花乱坠，怎么都左券在握，不费吹灰之力。伟大产生于注目，渺小产生于轻忽，善良产生于开阔，荒谬挤轧于怨怼，爱恋波动于流连，冷淡根源于厌倦。激情是你戏剧性的浪花，平常是你最贴心的归宿。今天常常如昨，照本宣科，明天常常不至，交通塞车。终于雷电轰鸣，天昏地暗，红日东升，艳阳高照。丑恶来自贪婪，美丽出于纯粹。你迅速推移，转眼消逝，欲留无缘，欲追无迹，多说无味，欲罢不能，铭心刻骨，烟消云逝，岑寂也是纪念，沉默也是咏叹。生生灭灭，恍恍惚惚，真真幻幻，沉沉浮浮，实实在在，辛辛苦苦，飘飘悠悠，磨磨蹭蹭。冷冷暖暖，炎炎凉凉，轰轰烈烈，叮叮当当，乒乒乓乓。转眼衰老，转眼成长，说到做到，匆来匆去，记录清晰，诗（史）无达诂，默念默哀，云霞万道。神力无边，神勇无限，百年易丁，一刻难挨。骂糊涂易，脱糊涂难。力撼山河，难得明白。什么时候呢，顿开茅塞，清明自由，万里无云，舒畅遨游，秋江明月，海市蜃楼，长风大野，无虑无愁！

一九八三年，粘着商标的盲公镜在中国大陆已经少见，提着一块砖头一样的日本录放机放《太阳岛上》的哥们儿也明显减少。尔葆突然申请自费出国，而且是立红力促他留洋换一种活法。他们俩两小无猜了十几年，先是老大了不急着结婚，然后是结完婚立刻准备离别出国。这让开茅觉得不可思议。他甚至产生了某种疑惑：他们俩之间有什么问题吗？还是没有？

与此同时，他们家找了一个帮工，照顾苏老师。

立红对不解其意的开茅说："我是个简单的人。从那么小，我看中了尔葆，我只想一辈子伺候尔葆，我确实伺候了他们家十五年，我献出了我的童年和少年，初识和永远，我的生活永远简单地成为一加二等于三。直到十一届三中全会以后，知道了世界原来有那么大。我与尔葆，我们送走了爹爹吕先生，甚至于苏妈妈也催促我们走出去看看。我们总算在大学里学了一点点外语，还有你能帮我们恶补，我们应该知道一点世界。虽然爹爹冤枉坐了十几年笆篱子，他从前见过世面啊。虽然妈妈身体摇摇欲坠，她仍然告诉我们，不能放过光阴，不能放过时间，不能放过空间，不能没有勇气去尝试，世界上除了一二三，还有四五六七八九十，而且有零和N。她还告诉我们在哪里学习与做事，其实有时候是一个程序问题，爱国不等于守一辈子家，出去好好看看，总会有更大更多更好的可能。意大利、法兰西、多瑙河、莱茵河、密西西比河，还有那么多地方，赤道与北极，她告诉我们，在南半球，新月的那根弦，是完全放平了的……那么多人，那么大的世界。"

开茅顿开茅塞，他不再劝阻，他知道他们的路线图与时间表，是尔葆先出去一至两年，站稳脚跟，立红跟出去。没有等立红再说，开茅说："好的，明白了。对苏老师，我尽一切力量，照顾她，像我的亲人一样。"

一九八四年八月，苏老师、开茅、立红将尔葆送到飞机场。那个年代，都认为出国是一件祖宗积德积善、坟头冒青烟的喜事。尔葆含泪说着放心放心，苏老师没有多少话，只是点头，再点头，笑笑，直到笑得嘴有点变形，然后恢复原状。开茅则紧握尔葆的手说："我争取不出八个月，到美国去看你。我们学院与美国有项目。"

进入了边防与海关隔离区，送客的止步在区外。直到这时候，开茅看到了苏老师与立红的泪花，还有她们的略略歪扭的嘴唇。尔葆挺好，挥挥手。开茅向远行者摇了摇手。不知道为什么，开茅也觉得有点眼花，他已经三十八岁喽。乐莫乐兮，新相知；哀莫哀兮，生别离。浮云，游子意；落日，故人情。别意，还无已；离忧，自不穷。开茅想，中国诗歌写离别题材的未免太多太多了。开茅还想，既然孔子都说了，"有朋自远方来，不亦乐乎"，那么，是不是"有朋从此去远方，吾意岂得不彷徨"呢？

文之原罪

当然，王蒙设计的，顿开茅先生追求的，不是小说的雾里看花、水中捞月的无迹化。老子的重要格言是"善行无迹"，是说学习雷锋做了好事不要留姓名？是说会做事的人做完了不会留下瑕疵——不让别有用心的人抓住辫子？是说一种尚无尚虚静的仙风道骨，藐视那些孜孜求迹的恶心俗丑？我宁愿学习侯宝林的歪批三国，认为李耳是写给两千五百年后的影视编导们的：你写啥啥、咋咋，都行，可千万不要留下取材哪哪的痕迹啊。

也许善行真的能够做到"无迹"，但是文学做不到，文学的原罪在于：白纸黑字，刻迹戳心，爱怨情仇，铁证如山。

写作人，我愈来愈不想自称作家了，嚼嚼吮吮把"作家"二字吞下去，反胃而且便秘。写作人的罪是他们寻迹造迹，求迹留迹，涂迹染迹，迹满乾坤。而同时文学的取材有时确与文学成品相距甚远。只有最最无趣的闲言碎语长舌头小市民才以考证小说原型传谣造谣挑拨是非为能。还有最低级的摇唇鼓舌之辈，舞文弄墨，装腔作势，毒汁喷溅，暗箭伤人，成事不足，败事有余。于是有人对号入座，炒热自身。有人一拼到底，时日曷丧，与汝偕亡。有人民间侦察、人肉搜索、牵强附会。有人坐山观兽，更暴露了自己的无能无趣。

文学里面确定无疑地离不开大的或小小的经验，例如我们可以假设通过买一瓶供不应求的中药秘方黄金鼻痒散来结构一篇小说。鼻痒散产生了震动人心的情与仇、生与死、神圣与狰狞。买药的情节只是串连糖葫芦用的一根竹签，用完了就扔，不吃不留不转卖。从营养医学与美食味觉上看，鼻痒散的意义归零，但是没有这根竹签，换成散装、铁签、绳签、胶粘……都会使糖葫芦的爱好者失意失感。作者对这个黄金鼻痒散没有一毛钱的兴趣，没有一分钱的厌恶。但是他被认定与鼻子发痒的一批病人和医士结下了梁子，从而开演了有本土特色的崆峒——空洞山恩仇记。你懂的。

一个写作人写了一个与XX有关的情节，你写了一个与XX有关的风景，你写的那个人的性别、外貌、服装都有某些与X或者小X所说的另一个Y有相似之处，然而，天理良心，你丝毫无意写XX与小X说的他的Y，你停摆了几十年，开始写一篇有自己特色的小说，你进入了虚构，进入文学世界，你受到了XX与小X的某些外在情事面貌的影响，你要写的其实已经是文学的 XX × A+BCDE ÷ ORST － UVW=L。这里加减乘除后的各种符号，全部是取材自他或她自己。

所有的取材，都是第一取材于世界，取材于生活。而每个人的世界有大有小有善有恶有薄有厚有浅有深。第二，都是取材于自己，而自己有真诚有矫情，有卑下有高尚，有尊严有无耻。

如果被取材的是确定的 N 先生呢？亲爱的 N，在你被文学取材以后，你已经升华，你已经变异，你已经扩张与弥漫，你已经吸收了日月之精华、天地之灵秀，成为非 N，你已经置换人另一个假作真时真亦假的世界，你已经离开了人类的首肯，离开了大众的心愿，鲲鹏展翅，飞向远方。或者哪怕是神魔起舞，烟浓火烈。这后面的话参考了苏绝尘喜爱的法国诗人兰波的名句。

X 认为，X 对于你与你对于 X 是重要的，但是在你的文学作品中，作品中只有一个 L，L 当然就是 L，不是 X。那么，L 是否以 X 为原型，是一点也不重要的。原型不是人身，不是文学，不是雕塑，不是版式，不是成分图，不是贵重珍稀不可再生而且在贸易战中加征关税的原材料。原型可能提供了很多，也可能只是提供了一点表皮表象表层，一点点痕迹。称小说中的人物原型如何如何，这本身就活活坑死人。原型也可能是午夜晴空一颗星对你的眨眼，是游轮甲板上与她偶遇时给你的微笑。你必须回应以眼光与微笑。而你痴迷于文学，你的回应成为小说、诗、戏剧，你进入了文学的虚构世界却纠缠于世俗关系难以自拔。你其实并不想泡妞泡成老公、炒股炒成股东、打个喷嚏成了果子狸——非典的元凶。想想，L是被人当作文学作品中的人物来阅读与议论的，是你瞳孔中的微笑，你视网膜上的闪耀，你的午夜星光，你对于猫儿叫春与蒸汽机车的无可奈何的记忆。并没有谁要嫁给他或娶到她，没有谁要提拔他或者重罚他。没有人给他打电话或者借钱。L至少在十余年或几十年中被几千几万几十万人阅读，星光闪烁，笑容温柔，X、Y为什么自作多情到与L死活不松拥抱，非得保持一块儿投井跳楼同归于尽的一体性呢？

作家是一种什么祸国殃民祸人殃己的玩意儿呢？哪怕是亲爹活祖宗，某一点点端倪，一点点影影与绰绰，一点点兴趣与触动，引发了作家的写作心思，就像一只蟋蟀被竹管毛毛拨生了斗志，好了，这时哪怕有天大的不是，哪怕注定会被愚而诈的小市民们认为是伤天害理，哪怕丢人现眼，丢己丢师丢友丢钱丢命丢德丢仁义，哪怕被猜测被传播被误解被记仇被冤沉海底，他必须写出来，他已经兴起，兴而不写，那就是生不准活，就是生不如死。认为这种情况下可以不写的绝对不是作家而是混混儿。作家作家，为作宁可丢家。

作家重视的是文学攸关，作家自作多情，认为自己的作品有可能长存远走，作品终归比自己这个破人长命、气广，有重要性。他们该总结的教训太多太多，总结好了以后也许不写更好，人应该述而不作，富而好礼，笑而不答，情而不发，允执厥中。文学的信息保存在天幕云中，如手机数据、编码与信号永存，哪怕你设法把手机砸烂烧成灰粉。文学攸关的意义，理当比人缘攸关、物议攸关、友情攸关、利益攸关那些玩意儿重要百万倍。文学有时需要由文学的法庭审判，正如杀人犯、强奸犯，只能由刑事法庭而不是生理肾上腺、教育、小说法庭来定罪。

那么你为什么要写被认为确实可能与某某友人亲人恩人熟人名声攸关，与他们的某些经历、痕迹、相貌、职业、性别、年龄相靠拢的题材呢？你为什么要取材于活人，你为什么不能玩一个虚构百分百、无迹千分千呢？你是不是挑衅、是不是诽谤、是不是欲盖弥彰、是不是暗器伤友，至少是害人精、讨厌鬼？七十年前，讨厌鬼是一个在小丫头们当中如此流行的词儿，小女生们碰到小小子对她贫嘴贱舌，就会骂一句"讨厌鬼！"而被嗔斥为"讨厌鬼"的小男生，就会不无吃豆腐的快感，而狗屁不通地答以"讨厌鬼，喝凉水，砸倒了冰，卖汽水！"

没有办法，天机天意，天网恢恢，疏而不失。天地的创造力，胜过了文学的创造力；把所有的什么贝尔、什么古尔、什么利策、什么布克、什么之介、什么雨果与什么提斯的奖都发给老天爷也对不起上天的作品。好的作品是天造出来，天压下来，天捅入你的心肺，天掏出了你的肝胆，天捏住了你的神经末梢，天烧燃着你的躯体——天命天掌天心天火天剑天风。天的构思，胜过了你渺小的忖度，和你的渺小的微信糊糊群。天的灵感，碾轧过殉文学者一个个的痴心。

然后文学人必须将自己的神、魂、心、血、髓输给天，炮制好、拾掇好、搰掳好天赐题材，天赐文运，十年磨一剑，百年竖一碑，传之名山，咏之久远，呼之天外，燃之大千。

天的感动，令你欲仙欲死。好，你可以为天的文学启示而死，却绝对不能不写，叫作宁死不避写。你可以通过神思补天、吟天、登天、扑天、啸天、泣天、绣天、飞天、殉天，还有共工怒触不周山，天柱折损，天塌地陷；但是你不能面对“天文”，背过脸去，你不能是胆小鬼，不能为了友情亲情版税情关系情的攸关，而忘记了天命的攸关、文学的攸关、历史的攸关。不履行天意的作家一律处贻误、怯懦、临阵脱逃、右倾投降至少是渎职罪，刑期六个月至二十五年，我以为。

小说被设计的比设计者小许多岁的顿开茅不得不六年前就做了保证，他不准备透露尔葆的故事。现在他开始写了，他对你与你周围所有的人，无意不惜不敬，更无不好用意，你们都是他的亲人恩人兄弟发小。其实动起笔来他几乎为你一哭，原因是写着写着其实他必然离开了你与你们。你们他们她们，提供给写作的是一点契机、一点由头、一个外壳、一层面膜，最多是一层表皮。当然也是感念与记忆，他爱你，他感谢你们的提供与付出，他不可能忘记与你的心有灵犀一点通。他写的更多的是他自己的灵魂，斑痕与痛苦，祝福与牵挂，遗憾到了吐血。而且恭请明鉴：老弟圣明，写作人如有嘲弄，首先是自嘲；如有揭露，首先是揭开自己的疮疤；如果长叹，首先是长叹自己的无能无奈无方无力文学下萎，尤其是无补；如果丢人，他早就不惜丢两辈子人。

让我们设想一下，如果曹雪芹还活着，如果他的贾府亲戚朋友都活着，曹雪芹能够得到宽容吗？他出卖了贾府，抖搂出了猛料。他对父兄姑姨姐妹下了黑手，他血债累累，他唱衰祖宗亲朋，他狼心狗肺，家庭叛徒。如果按照司法案卷的标准衡量《红楼梦》，我保证他至少有三篇六十五项不实、不避风险、不无失真。我们应该为赵姨娘、马道婆、贾环、尤氏姐妹……乃至王熙凤而诉曹诽谤中伤。林黛玉也不会宽容曹雪芹的，曹在对她的描绘中，明显流露了那么多随性与夸张，才把黛玉写得那么小性与任性。

曹雪芹与他的亲人们能为红学家们，尤其是为曹氏宗亲会所宽容吗？曹某人能不涉嫌成立涉黑集团，企图灭尽红学人的九族各等亲，或者疑似神经兮兮地总觉得自己要被红学家们所消灭、所侦察、所投毒、所讹诈？

其实是曹雪芹为你们刻下了丰碑。如果有林黛玉、贾宝玉、贾府诸君而没有曹雪芹，你们早已经灰飞烟灭，谁会为你们一哭一恸一笑一颦？是曹雪芹延长了你们的生命，扩大了你们的灵光。同时注定是曹雪芹而不是那些二三流小文人永远失去了浑厚质朴的人缘与美名。

洋插队

　　一年半后，一九八六年一月，开茅用了两倍时间，总算兑现了诺言，做到了到离尔葆打工城市九十公里的圣何塞大学做访问学者，简称"大访"，大是指中国大陆。他考虑到二宝的艰窘，自己坐灰狗大巴到二宝所在地探望，请二宝吃馆子。他看到的二宝像是另一个人，清瘦，长发，嘴角下沉，目光可怜兮兮，神态卑躬屈膝。

　　二宝说："你告诉立红去吧，反正你明白，来到这儿，我就是一个臭苦力。来以前，这个跟我说那个告诉我，谁谁谁来到加州扎针灸买了房子，谁谁谁在纽约拔罐子娶了影星，做膏药能够发财，太极拳能够迷倒老外，看风水成了大师。全是真事，全都与我无干。轻易的成功，过去没有现在没有将来也没有。不费劲就发财，中国没有外国没有上到火星上也没有。"

　　"你不是说这儿有熟人有老师和同学吗？"

"有又怎么样？来到这儿我才学到了一句话：'人穷不发三誓，不沾三情'……"

"什么？"

二宝解释了"三誓"是断交、诅咒与目标，穷人既不要怨恨他人也不要晒雄心壮志。"三情"是依养、滥情与便宜。然后说："不到那个份儿上你也就明白不了我的话语。我在餐馆装卸洗涤粗活干了七个月，胳臂腿上起满了疱疹。我学会了开车，给人家送外卖，上机场接送人，非法打工，干了五十天。我还领到了老年护理的护士执照，毕竟我在国内是学医的。我一个人干两个人的活儿，白天送外卖，夜晚去老人院。送完外卖不走，等着人家给小费，遇到不给小费的，我们骂他先人。夜班护理，有探头盯着，许你没事坐会儿，绝对不能打盹儿，打盹儿扣钱解雇。还有一次我太饿了，我到市政广场捡过鸽子们吃剩下的面包屑。"

"天下没有易事。"

"这算什么？一位当年的美女，音乐学院女高音，声乐系高才生，被来华交流的YCC大学主管音乐专业的教务长看中了，当面动员她到美国留学，说是这免费那免费，还有一笔奖学金，并且负责给她办一切手续。她已经有男朋友，她英语不行，知道自己托福过不了关。再说她的家底很薄，父母两个人一个月的工薪收入折合二十五美元。她才二十一岁，哪敢出那么远的门儿？她犹犹豫豫，连本系党支部书记都跟她急了，几十个同学说如果她不去请她推荐自己去，男友也催着她答应，还要她想法把男友也弄到YCC。

"根本兑现不了。她来到美国头一个问题是吃不饱，是饥饿。底下的事我也不相信，信不信由你。姐妹儿她已经是一个传说。传说她饿极了发现了一个窍门，吃冰激凌。甜死人的奶油冰激凌省钱又经饿。一年之后她吃成一个胖子。她得知在这里学了艺术就业很难，她也觉得发胖的结果会使她丢掉台缘，她改戏了，她学财经。她做不到把男朋友接到美国来，她干脆与原来的男友分手了。她见到我热烈拥抱，抱得我喘不过气来。"

"后来呢？"

二宝用白眼珠翻了开茅一下，泄气地说："她提出来我们可以同居，省钱，解闷，健康……不影响任何人包括我与她的未来与过去。我没有回答……"二宝咳嗽起来，好像是过敏。接着又说：

"一个男生，他原来是科长级干部，是一位书记同志的秘书，他的姨妈在这边，来了，太苦，回去了。不好意思，没有可能再做他的科长，他从朋友那边弄了点外币，又回来了，在法拉盛搞绿卡，花了不少钱，黄了，他破口大骂着又回了国，最后又回这边了。三进三出，为了下死决心，他把护照都撕了……"

"不可能。没有了护照他随时会被逮捕或者驱逐……待不住就回去嘛，不当科长就当科员办事员再不然到私企。当过书记秘书的人还不认识几个能人？"

"我哪里知道，糟糕的是跑了几趟美国的结果是回到祖国不踏实，来到美国待不住。就说我送外卖吧，中国人脑子灵，遇到阴天下雨，遇到我身体不好，不想跑远道，我就用个英语名字自己叫自己的外卖。到了店里取上食品就走，也完成了合同上规定的任务……他们还说，科长还跑到征兵站报名当美国大兵，当完了兵有许多优惠。可惜人家不收他这位中华人民共和国护照持有者。"

"我觉得谁也不必勉强自己，国外学学看看，也好，太困难就回去，何必出这么多洋相……"

"开茅大哥！"二宝突然一声大哥，令开茅一震。

"开茅大哥，站着说话不腰疼。这不是洋相，真正的洋相我没法告诉你。人，男人还有女人，太没有出息了。三十如狼，四十如虎，五十如金钱豹，六十如孟加拉叫驴！"

"谚语里只有前两项狼与虎，哪里有金钱豹和叫驴？"

"后两项是留学生们总结出来的。生活经验，是新语词的源泉。大哥！我们受的罪你哪里知道。专吃冰激凌的胖丫头，我真想她呀！"

二宝哭了。他后来还说了许多不适合高尚风格作品的话，王氏认为，人毕竟是人，虽然孟子也认为人之异于禽兽者几稀……稀乎仍有异也。我们毕竟要为自己留一点颜面。

　　后来二宝讲得更加惊心动魄。二宝说，他接受了伙伴建议，周日去教堂踩点蹚道，见到了一位被留学生们称为"mother"（嬷嬷）的老妇人。嬷嬷为初来的留学生提供住宿与伙食补助，只需缴纳市价的十分之一，便可基本上食住无虞。二宝住进去了。一位教育方面有地位的人物杜莱夫人来他们公寓视察，一眼看中了二宝，将二宝找到家里充当家庭教师，辅导她的华裔养女学习中文与中医，很快发展为对于二宝的情感靠近。二宝不了解也不敢询问杜莱夫人的年龄，他的感觉是她应该有六十岁。当然，她容光焕发，线条完美，高大健壮，三围引人注目。特别是她使用的巴黎香水，能让他发昏章第十四。二宝承认，她绝对有对他的吸引力魅惑力，二宝承认他每次见到她，听到她的声音，看到她的风姿，闻到她的气息，他都有强烈的身心与器官反应。他不止一次梦中与她做爱，他觉得见到此夫人算是没有白来这一趟，没有白白赶上了伟大祖国的改革开放，他也不算白白地活了一遭。当了男人，长了那么一些没有出息也罢，气味不雅也罢，自惭形秽也罢，猪狗不如或者恰如猪狗才好的奇葩、蠢货、神具、小把戏、暗器、毒鞭、图腾与命门，他最后恐怕仍然是白白来了又白白走了，美国和世界。

"那么，那么，你……"开茅感到了一阵闹心、乱心。文绉绉的、不爱说话的、有时候让他觉得未免窝囊的苏尔葆二宝，出国一年，突然发表了这样的狰狞露骨、不忠不孝、不仁不义、不齿不耻却又老老实实、真真率率、不打自招、不攻自破的胡说八道。开茅的声音颤抖起来。

"你不要那样看着我，大哥，我什么都没有做，我是人，我不是猪狗，我拒绝了一个又一个，我不做面首，不是鸡也不是鸭。我只与她们，注意，是她们，不止前面说的两个朋友，我只与她们说三个词，第一个词是'no'，第二个词是'no'，第三个词是'absolutely not'，绝对不。她们笑话我，她们说她们不伤害任何人，不论安琪儿还是魔鬼。我不会做任何对不起我们家的小祖宗小菩萨单立红小队长的事。"二宝说，他改变了声音和容色，他吭吭吭地喘着粗气，他鼻子不是鼻子、眼睛不是眼睛地啜泣起来。

后来他们一起吃了相对便宜一些的中餐馆，有牛肉炒面与酸辣汤，还有一盘宫保鸡丁，最后还要了甜品冰激凌与咖啡，开茅点了三份大号冰激凌。吃的过程中，二宝脸上一直有一种贪婪与自责、饕餮与惭愧。开茅判定二宝其实仍然没有吃痛快吃饱满，喝完咖啡后他干脆激动地再加点了一盘龙虾、一盘阿拉斯加王蟹，打了"狗食包"，让二宝带回去。他也没有什么钱，他毕竟不是来洋插队而是来交流的，他有一点补贴。二宝兴奋中又给他讲了不少穷学生找窍门活下去的各种合法的与不合法的手段。例如用一个网状的细线兜住一枚夸特儿（四分之一美元硬币），去打投币公用电话，说上几秒钟没用的话咔嗒一响，夸特儿应该落入币箱，也就是说应该立即投放下一枚夸特儿，通话才能继续，不投，立马断电断话。但是你的线网要在刚一咔嗒时迅速抽出，同时立即再松手放下，于是还能继续通话。对于电话机来说，其感应应该与投放第二枚硬币无区别。毕竟机器不是生龙活虎的艰难学生的对手。

"不要老是说这样的事……"他与二宝一样，且笑且哭，且信且疑。生活啊，生活，发展到眼下了，下一步该怎么办呢？

还说到了一些大人物的子女在国外的传闻，更是哭笑不得，真伪莫辨。

临别，二宝发表感想说："自由的代价就是孤独，自由是人类生活与精神的真正考验，真正的自由与孤独是不能接受婚姻与家庭的。美国贝贝从一生下来就单独住一个房间，咱们呢，也许是几辈人住一间小屋，几辈人住一个大炕。内蒙古新疆来的中国学生告诉我说，他们的牧民男女老少主客全都睡在一顶帐篷一条毡子上。我有几次真想收兵回北京了，谈何容易？是立红让我坚持下去的。"

　　半夜，开茅回到自己的居所，他一夜辗转反侧，革命建设，跃进追赶，改革开放，发展与现代化，留洋海外，都是血肉拼搏啊……

阴　影

　　圣何塞见面仅仅一年，二宝离家赴美两年半以后，一九八七年十月，来了消息，说是已经站稳脚跟了，他要立红赶紧办理护照签证，到美国与他聚齐。他还特别打了电话，希望开茅帮助安排好母亲，他催促立红早到一天是一天，早到一小时是一小时。开茅知道这对于二宝有多么重要，开动全部马力给立红加油。他充满感情地说："二宝在美国太苦了。从他上初中，因为有你，在国内就没有受过这样的苦。"他与立红仔细商讨了夫妻双双出走美国后，老娘苏绝尘的安排与照顾。一是靠开茅，一是靠保姆。保姆极好，照顾苏老师已经四年，确实靠得住。还有市文史馆方面的关照，叫送温暖，还用上一个词叫"感情投资"；这个词让开茅讨厌。文史馆还给苏绝尘办理了就医优惠的蓝卡，还在理论上为苏老师配备了一名学术助手。只是从配备以后，苏老师与助手，始终谁也没见过谁。

开茅指导帮助立红用了一个月时间开证明、排队、照相片、办公证、复印银行存款记录、进大使馆，千方百计，快要成行了。突然一天立红变了颜色，告知开茅："我不去了。"

听到传闻，说是二宝在美国有花花事儿，女友不止一个。

开茅真急了，他拍了桌子，他落下了热泪：

"我用人格保证，我用脑袋担保苏尔葆是世界上最纯正、最忠实、最干净、最对得起你单立红的男人！二宝是谁？他是王府井最大的照相馆橱窗里的明珠、明星，中国最帅男孩，他是我至今见到的真正的中国绅士。只有你做得出来，你把自己的三十岁的丈夫赶到外国，你还想给他上上贞操锁贞操带？你知道你让一个三十岁的男人过的什么生活，你知道那有多么可怕！依他的条件靠形象靠魅力靠气质靠性别他也早就发了小财开拓了事业，说不定他能登堂入室蹿高枝！为了你，他两年多当的只是苦力。我都没跟你说，说起来我只能同情他。快三年了你就不允许他活泛那么一次吗？没有没有，小姐，他没有。他说你是他们家的活菩萨，他说你是他们全家的救命天使，为了你，他拒绝了歌唱家加金融家的roomate（室友）建议，为了你，他拒绝了主流人士的召唤。他也有人权，一个饥寒交迫的男人，为了温饱，为了生活，为了发展，为了他的最低最低最原始的要求，他采取了一些变通，又怎么样？问题是他连一点一滴那一类的事都没有做！你应该给他跪下！你应该鼓励他不能活活把自己憋死干死卡死整死！告诉我是什么人在那里嚼舌头？是哪个王八蛋？只有想爬上他的身体可是爬不上去的小婊子才会造这样的谣！只有羡慕他嫉妒他而自己是侏儒丑八怪白痴流氓无赖的臭流氓才会传他的闲话！你要真把我当成你们的大哥，过来过来，让我扇你两个嘴巴子！"

山里红完全怔住了，她没有想到开茅大哥会这样说话，她没有见过这样的开茅兄长。她说："你真不愧是二宝的亲哥呀！"听了这一席话，她其实是从头到脚地舒服，她听明白了，二宝好人，二宝够意思，如果她当真挨了开茅大哥的嘴巴，那她就是全世界最幸福的女人了。现代社会这样的男人已经凤毛麟角，世界范围这样的男人与恐龙、骇鸟、龙王鲸……一样，根本不可能存在。她完全明白，中国式的贞节牌坊已经轰然倒塌，中国男人个个都有一百一千个理由来闹腾点花花事，所有的女作家都在告诉读者，男人是靠不住的，一切海誓山盟都是过眼烟云，一切的坚持与自苦都一文不值，都是愚蠢年代的产物，而女作家自身要"解放"一下，也绝对能吓死一队队一批批的男人。她完全明白，所谓的白头到老，所谓的始终如一，所谓的"山无陵，江水为竭……天地合，乃敢与君绝"当然感人，但那是歌诗，而且是两千年前留下来的。那玩意儿叫classic，那并不就是现实，如果是现实，就用不着作那种诅咒诗唱那种决心曲儿了。

但她仍然相信，她与二宝与别的夫妻不一样，她十二岁，严格地说是十一岁，第一眼就爱上了尔葆，她毫不犹豫地把自己的少年与青春贡献给了苏家，给了二宝，她认定了自己是二宝的人。当她小小年纪想起自己将是二宝媳妇，而二宝将是立红丈夫时，想到这儿她鼻酸心苦，她想号啕大哭。她从开茅的愤怒中相信了夫君的老实、纯真、坚贞、完完整整、干干净净，从头到脚，从里到外，从心到魂，从疼到爱只属于她。她为二宝心痛，为什么不能让二宝舒服一点？为什么她的舒服要建立在二宝的不舒服上？她哭着哭着笑了，她笑啊笑啊笑出了新的眼泪。她给开茅大哥跪了下来。

开茅刚一说完就后悔得不行，他抱怨自己比二宝大十岁，与之相比，他完全没有二宝的沉静与自控。二宝是真正的绅士，他只是个粗人，他对不起立红、二宝、苏老师、爹爹和先人至少是名人纳兰。他情绪冲动夸张、巧言令色、怪力乱神，这些毛病他这儿都有，二宝那里，却是哪一样也没有。至于立红说的"亲哥"，他该说什么呢？

……如此这般，好事偶磨，一九八八年一月，二宝与他的娇妻山里红会面在美利坚合众国。一年后，一九八九年一月，单立红生下孪生龙凤胎，哥哥叫凯文（Kevin），妹妹叫苏瓒（Susen）。

又一年后，一九九〇年立红当机立断，盘下一个华人店主因急于回国以超低价出售的一家东方杂货店，开始经营刺绣、扇子、梳妆盒、小泥佛、香包、线装书、字画、陶瓷、茶具、酒具、编织品、屏风、草帽、草鞋、珠串等等。没有大进益，但不无小补，也省去了立红找事由安排生活内容的麻烦。他们去过一个西班牙女人开的小店，店主说，不是为了赚钱，而是为了不让自己失去生活内容。二宝发表感想说，自由不仅需要孤独，还需要寂寞与无聊。

立红是颗福星啊！开茅赞叹。

半年后，开茅得知，苏尔葆在立红引导下，考进一家名气不小的高等学院，接受他们的远程职业技术教育。远程云云，意思是不必去学院的教室上课，可以通过函授、网络、电视电话等系统听课，完成作业，跑几趟研讨答问答辩质疑切磋，接受考试，获得学分。最伟大之点，不久在苏尔葆的倡议鼓动下，学院组织学员们到因改革而大红大紫的中国北京做了一次职业技术教育课题调查访问，他当然也趁机看望了母亲，给母亲带去了碧根长寿果、混合干果、带有小颗粒的花生酱、费城牌鲜奶油、多种维他命、钙片、大提子干。其中维他命现在一般称之为维生素了，但是妈妈总改不了维他命的口，尔葆觉得维他命的叫法很生动，便也维了她好多回命。

双双赴美后他们不断地寄钱来，数量越来越多，弥补他们"母在，双双远游"的过失。美国一待，便学会了用金钱弥补一切难以弥补的路数。但虽然"四旧"也好五舅也罢，破了又破，孔夫子讲的"父母在，不远游"的教导，还是屹立在华人心里。在出国后四年，苏老师欢迎完了以参访名义回了一次家的儿子，日益衰老平静呆木，以静坐、微笑、吟诵拉丁语古典文学作品与兰波的《黎明》和《醉舟》等度日，若有若无，若思若忘，若喜若悲。见了开茅，她认识，她落泪，见了别人，她一概无反应。

二〇〇〇年，八十二岁的苏老师突然对开茅说了一句话："我该走了。"开茅大惊，当夜给立红的东方小店打电话。五天后，二宝回来了，两天后苏老师含笑长逝。开茅坚信，苏老师不愿意给下一代增加负担，见儿子为了她专门回来了，她赶紧投向另一个世界。

虽然开茅理解这一切，同情二宝山里红这一对小夫妻，虽然他对他们二人都充满友情、亲情、故人之情，虽然开茅早就体会到了人生常常是充满遗憾的过程，你总要有所舍得，有所付出，硬起心肠，不管不顾，否则一辈子只会是一事无成，他仍然对二宝立红有点意见。他们对自己的母亲，总可以再多做一点，何况他相信，那是一个美好的人、高尚的人、痛苦的人、克己的人，她本来可以有自己的风华和幸福，她本来可以有自己的璀璨和雍容，她本来可以有自己的梦断南柯魂断鹊桥，然而，她什么都没有，什么都没做，什么都没有说。然后，她自己也都没有了。

苏绝尘死后七天，开茅梦见永顺爹爹，爹只剩下了一个空架子，抱着苏老师，他含糊地说了两个字，又是："报应"。然后开茅醒来。妻子王明光被他叫醒了，他说了自己的梦，说是自己心里别扭，妻子摸了一下他的脸，说："我们面对的事情已经够多，就放任一下梦境管理吧。事实，会隐没在梦中，像冰雪，融化在火里。"又是百分之九十五的兰波，深夜，她笑起来。

后来他们拥抱在一起。后来明光怀孕。次年他们得女，起名忆苏。他们找回了苏老师晚年的保姆，为他们俩看孩子。生命是有一种延续的，女儿的清纯当中，似乎有什么东西让开茅想象与说给自己。

月儿出场

　　直到苏老师离去，二〇〇〇年五月，尔葆已经四十四岁了，学分终于修够，他有了洋学位。次年，他被一家登记在爱尔兰的跨国医疗器材公司雇用，派他到中国一个工业园去办合资厂。

　　两年后他的工厂办起来了，他成为厂长，他的工资一下子比过去增加了十九倍，他成了真正的白领。他享受到了此生在国内外从未享受过的尊敬和礼遇。他有一辆供他专用的原装沃尔沃轿车，有一名兼职司机。有时候他更愿意自己开车。他有一名英语比他讲得还好的美女秘书。他的办公桌是半圆形，向左向前向右，都有一大片桌面供厂长使用。而他仍然是一样地小心翼翼，谨小慎微，寡言少语，克勤克俭。中国人无不说他是君子风范，外国人无不称赞他是绅士教养。尔葆也很满意这里的民风，远远不像北京人那样大爷、天津人那样刻薄、东北人那样信口开河。长江流域人认真细致，精巧敬业，少说多做，勤劳本分，温和礼让。他也不知道到底是怎么回事，他从来没有感觉到过自己有什么能力、才干、精明，但是他在这里的工作成绩卓显，受到中外上下的一致好评。

根据他的建议，公司高管同意他选择优秀技术人员与熟练工人骨干，到世界各地参观访问，见识先进，成长自身，精益求精，攀登高峰。对开放不久的中国人来说，这也是难得的开洋荤的精神与事业享受。

他因工作关系带领本厂有关人员去过了都柏林、哥本哈根、利物浦、海德堡、巴塞罗那，也去了肯塔基与西雅图。他每年结合述职回美国的机会有五六次，耶诞节长假他也有半个多月的时间回到美国，回到自己的四口之家，安享天伦之乐。亦中亦西，亦乡亦城，亦农亦工，亦劳亦逸，他的脸上渐渐显出了四十余年来少有的笑容。

在中国的这个开发区工业园里，他当然也认识了拿着各式护照的外籍与本土企业家，和他们你来我往，豪肚油肚，咖啡、龙井、茅台、五粮液、苏格兰威士忌、XO、香槟、朗姆、伏特加、牡蛎、龙虾、牛排、意面、燕窝、鲍鱼、鱼翅、宫保鸡丁，慢慢加上了卡拉OK、蹦迪、交际舞、高尔夫、网球。

二〇〇四年开茅应邀带上妻女到尔葆在的这个工业园做

了一回客，深表称赞夸奖。他们一起到工业园一家富有地方特色的船形餐馆吃饭，要了糟熘白鱼、蜜汁火方、阳澄湖大闸蟹和糯米豆沙做的鹅形甜品，喝了女儿红老酒。说这个酒是在闺女出生后立即预备到坛坛罐罐里，到女儿出嫁时再拿出来贺喜启用的民俗酒。

一边吃东西，一边还有当地名叫丘月儿的弹词演员表演说唱。女演员银装素裹，柳眉凤眼，莺声燕语，糯体柔情。开茅听不懂一个字的吴语，但是为之入迷，目不转睛，嘴都忘了并上。夫人王明光说："你怎么成了《红楼梦》里嘲笑的那只'呆雁'啦！"说得开茅脸红。

好在说唱进入了吴语Rap段落了，大量吴语，其次是上海话、宁波话、少量英语，还有普通话，融为一体，洋快板节奏，说得大家笑成一团，掩饰了"呆雁"的尴尬。就在这个时候，突然在客人饭桌当中上演了全武行。

原来是他们的邻桌，坐着与尔葆有一面之交的一位湖南老板与几位男女友人。他带着自己喜爱的圣大保罗名牌公文包来吃饭，单肩斜挎，坐好后将包包放在身边一把椅子上。就在Rap令人们笑成一团的一瞬间，一只手伸到了圣大保罗包包上，抓起了包包，开茅的妻子叫了一声："小偷！"明光不愧是有相当历练的记者，即使眼前有再好的美食美酒美妙演出，她总是耳听六路、眼观八方，随时发现新闻、动态、舆论、突变、奇形、怪状。随即是湖南老板的果断出手，叭的一声，一个十四五岁的男孩子倒在了地上，是的，扇了小捋（小偷）一个大耳光。

接着老板将小家伙一只手提溜起来，第二个第三个耳茄子，全上去了。

想不到的是Rap立即停止，演员从表演台上跳了下来，一步抢到小捋与老板面前，喝道："可以报警，不准打人！"

老板一听，目露凶光，再一看是义正词严的女演员，他一怔，尔葆也赶紧响应，向老板示意："对的，对的，是的。"

开茅夫人将这个活计揽了过去，她把小捋带到外边，教育了三十分钟；还给了他二十块钱，谆谆嘱咐，放他走了。回桌后，差点被偷窃的湖南老板问："这位姐，如果他是惯偷，他会认为您是傻子，他拿上您的钱也许立即换场作案，偷盗一个'梦特娇'，内有钻石白金戒指和大额现金。您怎么办？"

明光说："我只能做我认为对的好的高尚的事。小家伙他一定要坏，我怎么办？世界这样大，我们只能把事往好了做。您想，就算他最后因为罪行严重，刑场处决，砰，打死了……他也仍然有可能想起今天的事来有一点点后悔吧？他后悔而被枪毙，比在痛恨他人痛恨社会的情绪中被毙掉好。何况他也许有救呀，有千分之一的希望也还值得百分之百的努力。救道德救人心是积德呀。万一他本想改恶从善，反而是咱们这些吃澳大利亚龙虾的人，没有给他机会呢？他的后悔仍然是一种能量，每个人的喜怒哀乐，都有他的蝴蝶效应。不管怎么说，世界上，好人很多，中国这里，好人很多，吃饭听唱的人里头，好人很多。"

她的话博得了首肯与轻轻的鼓掌。

Rap随后停止。女演员改唱弹词风格的《洪湖赤卫队》，唱得尔葆泪下。

开茅、明光、立红、二宝，有机会两次在美国会面。二宝开车带他们走了东岸，在缅因州吃了加拿大龙虾，在波士顿查礼士河边观看了哈佛与牛津大学生的划船比赛，在纽约曼哈顿对面岛上攀登自由女神，在西岸去了旧金山的金门大桥，去了红杉林，去了洛杉矶的好莱坞。他们在密西西比河上了游船，最后还去了华盛顿DC的琳琅满目的博物馆。也算人生一乐。比起上一代、上两代或更多的代别人物，他们就算够幸运的了。"还想怎么着呢？"他们四个人互相问着，互相满足，互相鼓励，惜福惜乐。

二〇〇五年开茅又结合外语学院的业务交流，到尔葆在美国的家过了复活节，吃了肚子里装满栗子核桃夏威夷果与大提子干的火鸡。吃得苦中苦，方为幸福人。他很有感慨。同时他奇怪为什么二宝开始显得闷闷不乐。他问了两次，"你有什么事儿吗？""你有心事？"二宝连连摇头摆手傻笑，但是二宝的笑容不知为什么，给开茅以酸苦的感觉。

二〇〇六年的清明节，开茅去父亲的墓地扫墓，他小声告诉父亲，二宝现在日子过得不错，他常常吃龙虾，他希望父亲的在天之灵，保佑二宝，平平安安，幸福体面地过好自己的一生。还说，前不久二宝回来了，给他妈妈选好了墓地。他也去了一趟。

说完了，他又觉得无趣、多余，一天胸口疼痛，饮食无味无香。打了好几次怪嗝儿。

有女怀春，吉士诱之

二〇一〇年，二宝专门在一个周末来到北京。他穿着意大利华伦天奴名牌西装，身上有股应该是吃多了西洋退烧药片才会出现的浓烈汗味儿，他找开茅倾诉心曲。先是谈到，由于他担任厂长的业绩和各方面的良好记录，他与立红已经取得了美国国籍，他说，相当于办上了户口。紧接着是大谈他的房产与汽车家业。他在美国住地与中国工作地点各相中了一套房产，共值二百多万美元，两所都是独幢别墅型，他计划是一次性付清购买。此外他买了一辆崭新的"平治"，中国大陆叫作奔驰，德国原装，刚开了两星期，半夜在住所附近被人用碎玻璃划了个体无完肤，他找了当地公安机关，至今没有破案。他想不通为什么会发生这样的事，他准备再买一辆原装凯迪拉克……

开茅点头称颂，他不内行，提了些不必一次付清吧之类的屁话，然后就称颂二宝是吃得苦中苦，终为人上人。他另外提出二宝不必激动，不必一下子花出去那么多钱，他说他认为中国人喜欢银行储蓄是一个优点。他说他参加过一个经济研讨会，专家们认为中国经济有了长足发展的原因之一是喜欢存钱。一个以色列，一个中国，都因为热衷于存贮而获益。一面说一面怀疑着自己言语的意义，怀疑着今天的有朋自远方来，到底意味着什么。二宝他为什么一面准备大笔出手消费，一方面药汗与新西装交相辉映，二宝怎么了？东一榔头西一棒子，究竟是想说什么呢？他自己也颇觉兴奋，却又困惑。人家娶媳妇，自己傻高兴？人家发了财，自己烧得尥蹶儿？人家置业，横跨太平洋，你也发晕？你们俩，到底是谁更需要吃药或者减药，到底需要吃什么药减什么药呢？

而且在谈话中发现，二宝的两只袜子，不是一对，一只藏蓝，一只蓝黑；一只腰长，一只腰短。二宝是一个细心谨慎的人，他不应该出现这种情况。

然后吃饭。然后小酒。然后明光回自己的小屋做报社的事。然后二宝仍然是哼哼唧唧。"怎么了？"开茅问。"其实，也没有什么……"二宝答。

最后开茅急了，他喊叫起来："从小，你就是这个毛病，你不急，你活活让别人急死。我的兄弟大人，有话说，有屁放，我明天还要接待哈佛的校长，克林顿时期他当过财政部长，我这儿还有几十页的英语文档要看，需要恶补的事情一大堆……"忽然，开茅似乎明白了。

天啊，坏了，好个老实到了窝囊程度的苏尔葆，他敢情是陷入了感情的迷狂乱阵泥淖，他面临的是没顶的危险，他找不到自己的存在了。开茅完全傻了眼。他自言自语，他说："不，我不信，你与立红青梅竹马，两小无猜，不，不可能……"

"开茅，你应该明白，如果我与立红还保持着当初的恩爱，我不可能同意一个人回中国来当厂长，每两个月回到立红那边。你怎么会想不到这个？我和立红分居两地已经八年多了，八年多了就是三千天，你不觉得我也是个男人吗？"

完了。二宝的声音像蚊子哼哼一样，二宝的面色如土，身体发抖，二宝在发疟疾。他的话像是含着热茄子说出来的。开茅已经感觉到了问题的严重性。他不知道说什么好，他结结巴巴起来，倒像是他开茅感情生活家庭生活中出现了危机，是他遇到了折磨，是他有了难言之隐。

"我……我……每次我见到你都问这个立红，问那个凯文，还有苏瓒啊……我还建议过把他们接到你们厂子来啊。是你说她喜欢她的东方小店，你说一批用草编织的物件把立红的心吸引住了。你怎么说瞎话呀！"开茅差不多声泪俱下。

尔葆整理了一下自己的衣服，他解开了衬衫的最上头的扣子。他缓缓地说：

"是，就是那个吴语Rap演员，她也许不算最漂亮，她仍然好看得让我哭了一夜。而且她的纯洁清爽，她的傲骨侠心……她有头脑，爱学习，你听过她唱的弹词，你没看见过她写的字和她画的画，她上着英语班，她参加过托福模拟考试，已经达到四百五十分。是的，是她看中了我……她追了我五年多，你可能不相信，我们相谈甚欢，我们谈天说地，我天天去有她演出的餐厅吃饭。只是最近，我们才有了男女最亲密的关系。我坚持了六年，适可而止，不及于乱，发乎情，止乎礼，求之不得，辗转反侧。知止而后有定，定而后能静，静而后能安。她说，她说我应该无论如何烧灼这么一次，不论付出多少代价，咱们都只能活一次，骂就骂吧，打就打吧，死就死吧，死也要死一次林黛玉，死也要死一次罗密欧……最后成了灰，也是幸福的……上一个周六……"二宝呜咽了。

"我总算有了一个自己的机会。问题不在于她选中了我，问题在于她选中了我的结果是我哭成了狗！"

"叫什么？她叫丘月儿，当然，这是艺名，她是上了一年大学退学出来唱弹词的。她说，她只想陪陪我，她说寂寞比饥饿还要可怕。她说她是爱情至上主义者。陪陪我，此愿足矣……"

两个人沉默了。二宝补充说："月儿说，她只想做自己愿意做的事，她觉得唱弹词比上大学好，她就退学卖唱，她后来觉得认识我比唱什么歌词戏词诗词都好，她准备放弃用弹词挣钱。她知道我有妻有家有子有女，但是她愿意见我，与我说话，也可以不说话，只要常常见到我。只要我常常让她见，她什么都不需要了。我已经跟月儿好了，我怎么办呢？"

"可是可是，"开茅不知说什么好了，"你再冷静冷静，咱们毕竟是中国人，咱们得多想一想，过去和将来，妻子和孩子。生活，你知道什么叫生活吗？苏联有一个作家，叫巴甫连柯，现在俄国人说他是一个打小报告的坏人，他害了许多苏维埃作家。我们不了解他。他的小说里写过，'生活比感情更强'。"

二宝说："当然，你想着立红，谢谢你，哥！我哪能忘了立红？我成了陈世美，我成了无情无义无耻无德卑鄙绝顶的丑类，我想着凯文与苏瓒有权利端起枪来毙掉我！这究竟是为什么呢？我的一条小狗命，现在要要立红的命，要凯文的命，要苏瓒的命。早晚还得要，你信不信，早晚我会要了丘月儿的命。妈妈的命也是我要的，妈妈早晚会来找我索命的。但是妈妈对我说她喜欢兰波的温柔的疯狂。爹爹，真爹爹假爹爹的命也都丧在我的手里……"

二宝终于大哭失声。开茅厉声制止了他。

"我底下的话可能显得没有良心，对不起，我没有选择过，我没有追求过，我没有失过眠，没有心跳过，我不知道什么叫窈窕淑女，君子好逑。有女怀春，吉士诱之。压根儿不知道求之不得、辗转反侧的滋味。我这一生只知道接受，只知道听喝。是我的家庭和命运决定了一切，是最最有主意能决断的单立红从十一岁就决定了一切。她是个敢想敢做、敢杀伐敢决断的人。她是司令员兼政治委员。杀伐决断这个词出自《红楼梦》，是用来形容王熙凤的。从升入初中，从见到了我，她就选定了我，从此我再没有机会选择。她是菩萨，当然，她是我们家我的母亲苏清恶的救命恩人。也是……"

"什么什么，你管你的母亲叫什么？她不是叫'绝尘'吗？"

"不。她喜欢的自己的名字是清恶。清是两点水右边一个青字，恶是而且的而，下面加一个心。两个字的意思是惭愧……用不着扯这些啦。我理论上的父亲，其实是最憎恨与厌恶我的人，是吕奉德。立红更是他的救命恩人。"

"冷静一点……"

尔葆狂笑了，他再不是开茅的安宁的、收敛的小弟弟了，他再不是温文尔雅的君子，轻声慢语的绅士。他说："立红善良得如铁如钢，坚决得势不可当，她目光远大，有心无二，说到做到，坚持到底，一往无前。而我呢？来路不正，从十一岁，我的世界里只剩下山里红了。我算个啥，我根本没有生的权利，吕奉德不承认我是他的儿子，苏清恶不告诉我谁是我的父亲，她只让我叫你大哥，我无缘父姓，却又是罪犯吕奉德的种子，叫你一声大哥完全不能证明顿永顺叔叔是我亲爹呀！我能去做DNA检测去吗？和谁？和你一道？我难道是嫌自己给父母丢的人还太少太少？我从小知道的是小心小心，树叶掉下来，别人没有什么，我可能因此头破血流，千夫所指！我感谢立红，我喜爱已经二十多岁了的苏瓒与凯文。但是这次，在工业园，我有了我真真爱上的灵鸽仙子，我的月儿，我的心碎了裂了爆了。"

"你……要不你就两边跑吧，咱们中国人并不呆木，自古徽商就是两头大，回老家有一个家，有正夫人尊夫人，做生意地方，不可能没有另一个家，也有太太有老婆有房室……"

"开茅，您这是说什么呀。"明光这时从她的房间出来了。她说，"别听开茅的胡说八道，他以为这还是明清前朝呢。我听到了，我明白我也理解，你只能自己决定，开茅不能替你决定，你的家人不能替你决定，你的情人也不能替你决定。世界上的一切事情都是有舍有得，不用糊弄自己，更不能糊弄立红、凯文、苏瓒，你还必须对月儿负责……你做好准备吧！一个男子汉，要么不要伤害别人，要么干脆冷酷一些，不必给自己找那么多理由，不要用歉意再去侮辱被你伤害的女子！"

"你说什么？用歉意再去污辱被我伤害的女子？"

"这是阿尔蒂尔·兰波的诗。原文没有说是女子，只是说某个人。目前的状况，你舍弃哪一边都是三分之一或者更多的悲伤，三分之二或者少一点的希望；你两边都舍弃不了，那就只能是三的N次方的通通绝望！"

　　连开茅也为之一震，怎么明光能说出这样严厉、这样坚决又是这样精彩的话来。明光哪儿来这么大的本事，这么强的姿态，这么清晰的判断？男人，啊，你们觉得你们是什么大丈夫，所以你们要考虑影响、舆论、道德评价，可能还有什么意义、后果、理论、倾向，你们的思维与概念，你们的掂量与算计成了你们的伤口，你们的软肋，你们的压顶大山。而女性呢？一个"心"字，概括了一切，我心即我意，即我行，即我情，即我爱，即我天，即我命；也就是我的世界，我的人生，我的太阳！女人啊，你们太伟大了！

　　第二天凌晨，去飞机场以前，二宝敲响开茅家的门，一见他们，他哭了一场，说是总算明白了，他不能抛弃家室，不能抛弃恩重如山的山里红，不能抛弃神情卓越的凯文，不能背叛小精灵苏攒，他确定了，要与月儿开诚布公地谈清楚，恨不相逢未娶时，他做不出狼心狗肺的事情来。他笑了起来，说是一旦下定决心，只觉心明眼亮，条分缕析，幸福安康，长治久安，全赖兄嫂。他带着笑声，与他们告别，邀请他们秋天去工业园骑马，吃内蒙古风格的烤肉与"老绥远"名牌烧卖。

摊　牌

先添上年表的新增部分：

1988年　　立红到美国与尔葆团聚。

1989年　　立红生下孪生龙凤胎：凯文与苏瓒。

2000年　　苏绝尘(改称清恩)病逝。

2001年　　顿开茅与王明光的女儿忆苏出生。

进入二十一世纪又过了十一年以后，腾讯公司于二〇一一年一月二十一日推出了一个为智能终端提供即时通信服务的程序，做出了一个改变国人生活方式的叫作微信的玩意儿。网上的咖咖们说，最厉害的不是核弹巡航导弹，不是航母也不是超音速战斗机，是微信。微信打败了电视，打败了电脑，打败了信用卡，打败了各国货币，打败了电话，打败了邮政，打败了盛宴与会见，打败了零售店与专门店，打败了隐私权与名誉权，干脆说是打败了人权与学位制度，打败了文化，每天孜孜于读微信的人远远超过了读经典名著的人。

有了微信，二宝与立红、开茅与二宝相距不再遥远，地球村的说法似乎也不勉强。二宝发了几张他与月儿的照片给开茅。他们一起在公园。他们一起在水乡散步。他们去看望住在那里的一个名作家。还有一张他俩的逆光照，注明是夏季的夕阳下。

明光问："怎么回事？"

开茅答："那还不明白，就这么回事。"

"那他临走时说的……"

"他自言自语的时候也许说得更多……"

"二宝在网上传这个，他不怕立红与孩子们看到吗？"

"不用咱们操心。按二宝的性格，他一定要告诉立红和孩子的，否则，二宝不成了前几年电视剧《潜伏》里的余则成了吗？"

开茅与明光看完孙红雷与姚晨主演的电视剧《潜伏》，感动了半天，感动的不是特工故事、特工忠勇、特工奇葩，而是主人公需要潜伏、潜伏然后还是潜伏。抗日，潜伏，日本投降了，继续潜伏。为了新中国，潜伏，新中国胜利了，继续潜伏(到台湾去)。而且在台湾要另行组织家庭，就是说在家里也必须潜伏，不然，不是等于自首叛变了吗？永远潜伏？潜伏一生？而且有人行家里手地说，死后还要继续潜伏，免得影响了未死的特工同志！

转眼就是二〇一二年，开茅六十六岁，二宝五十六岁。春季，开茅夫妇应邀到工业园看望二宝，月儿已经以个人雇用的管家兼秘书名义与苏尔葆同居了两年。二宝的说法，月儿早已不在餐馆"卖唱"，她为他料理一切，包括帮助处理商务。月儿参加了英语中级班，进步神速。

二宝邀请开茅夫妇到这里骑一次马。他们在五月份来了。他们在一个周六开着豪车走了一个多小时，来到月亮岛跑马场。一路上汽车音响里播放着腾格尔与德德玛的歌唱：《父亲的草原母亲的河》《美丽的草原我的家》《天堂》。明光对开茅说："兰波的诗说，生活在别处；高晓松说，不是只有眼前的苟且，还有诗与远方。"

开茅说："佛讲的是'活在当下'。有趣的是这又是美国最大的会计师事务所董事长的名言。还有人说'诗与远方'是毒瘤……"开茅夫妇笑了，二宝、月儿没有笑。

听腾格尔的《天堂》的时候月儿泪如雨下。二宝问："这是怎么了？"

月儿说："你听不见？我的天堂，我的家！"

二宝没有出声。

他们过了一个非常美好的下午。开茅与明光，各自上了伊犁马，缓缓地走了几圈，闻到了青草与马汗的气味，身子一颠一颠，有点紧张，更是十分欢愉。骑马毕竟是一个值得自豪乃至吹嘘的事，是他们此生的新经验，在本土，涉嫌豪华，做梦也想不到，他们此生也豪华了一回。"时人不识余之乐，将谓偷闲学少年。"再过几年，也许他们会上游艇，上太空飞船，他们会像穆天子一样地去瑶池会王母娘娘，还要逛赤道逛两极？

"关键是身体的重心与马背起伏保持一致，你上我也上，你前我也前，你落我也落，你扭我也扭。"二宝大声地宣讲骑马的要领。他与过去是多么不一样了啊！

他们二人下马以后，二宝与月儿骑马跑起来。显然他们已经是老手，马场这里有他们存放的骑马专用背心、头盔、紧腿系扣子的马裤与黑马靴，他们一跃一跃，跑到了马儿前腿双跃接着后腿双跃的腾跃级别，马半跑半飞，半地上半空中，如驾云而飞。飞腾的感觉使二宝也是腾云驾雾，开茅与明光为他们鼓掌。尤其是开茅，他看到二宝这样的从未见过的舒展快乐，他忘记了一切。

就在这个时候二宝对月儿大喊了一声："红红，加油！"

什么意思？二宝想起了立红？面对月儿，二宝口误将月儿说成了红红？

月儿在马上一晃，众人惊呼了一声，还好，月儿总算又直起了腰，她停住了马。

骑完马，他们一起吃了马场酒店的烤肉。就是北京烤肉宛、烤肉季做的那种葱花与肉片混合翻滚的烤肉，原来这来自蒙古族，应称作蒙古烤肉。开茅说起可爱的多民族的北京，普通话的形成中，汉族、满族、蒙古族、回族、女真、鲜卑、契丹咸有荣焉。

老绥远的烧卖，更是令四人赞不绝口。关键是肉要用手工切成小块，绝对不能绞成肉糜。粤式早茶里每只包一块大虾仁的烧卖也与蒙古族之正宗烧卖相距甚远。人们在江南的工业园体验内蒙古，人们享受着生活的开拓之乐。何况在吃烧卖的时候，四个人都觉得自己岂止小康，是不是快要大康了呢？

在回程快要结束的时候，忽然，坐在副驾驶位子上的月儿一字一字地说："二宝，我觉得终于是时候了，我们两人要到民政局去登记结婚。"她的说话口音与方式，令人想起吴语弹词。

二宝带着哭音说："你这是想起哪一出来了呀！"二宝似是叫苦。

与吴语的蚀骨相比，二宝的北京话显得有一点点油滑。

"站住！"月儿声嘶力竭，她哭出来了。全车人都吓了一跳。

二宝踩了急刹车。月儿推开车门，下车走了。车上三人愕然，一时谁也没看谁。寂静中二宝似乎诉说："我已经许多次，叫她红红了。"而已经下车走远了的月儿的声音是："八年了。别提它！"她说得痛心疾首，使你想起样板戏《智取威虎山》。明光的样子似有不满，她如果说话，会说二宝"是时候了！"而开茅能说什么呢？也许他要说："天哪！"

生生死死

上次骑马后回京，明光突感身体不适，检查后怀疑是白血病前兆。开茅一心帮助明光治病，别的事都顾不上。二宝几次邀约与开茅见面，在工业园，在北京，在其他地方，开茅实在不便，他只是一次一次地讲着"对不起""请原谅""过几天"……开茅与明光去了台湾，说是那里的几个留美医师正在推行一种相对有效的方法治疗血癌，叫作CAR-T疗法，大体是使用病人体内的健康细胞，经过培植繁育，成为更强大的健康力量，再用回到病人身上，去战胜恶细胞毒细胞。大陆上也有这样的医疗探索，还都在临床实践与积累数据的协和医院里。

一年过去了，明光有起色，接受治疗，明光能忍受一切考验也完全合作。至于二宝，微信中告诉开茅，他与立红已经在美国办理了离婚手续：他把三份房产（后来买的和原来与家人共有的）全部转给了立红，他把银行里的存款，也全部汇兑了立红，他现在已经是"无产者"了。他用这种自我扫地出门的方法，表达他对立红的负疚感。他说作为一个年已半百的老伙计，他是疯了，他是丧失理智了，他什么都不顾了。他没有自己的家世、国家、家庭、使命、记忆、感恩和渴望了，他没有父母、童年、少年、记忆、志向、愿望了。他现在只剩下了一个已经整整一年未见过面、未通过信、连春节期间微信表情都没有互发过一次的月儿了。月儿其实也不是神仙，不是天使，不是绝代佳人，不是维纳斯，月儿也是一个普通的人，但是他毕竟只剩下为月儿疯狂这一件心事。他终于可以把月儿明媒正娶，合法夫妻，从头生活，从头奋斗，人生从五十岁开始。他终于不必再躲躲闪闪，含含糊糊，无言以对，蛮不讲理加耍赖皮了。他已经发疯，已经害人害己害家害妻，害子害女，害了立红一生，害了月儿九年，害了友人大哥大嫂。他第二天就要回中国工业园了，他将向月儿报告，他毕竟为月儿做了一件事，他不是玩弄女人的拆白党，他不是不负责任的坏蛋。

他问候明光，为明光祈祷。他甚至说明光的病他也是有责任的。"我与月儿找你们一起来骑马，我这边名不正言不顺。恰恰在你们在场的情况下，月儿提出了婚姻的要求，而我的反应自私自利，毫无心肝。明光无法忍受我这样的朋友，你无法忍受我这样的朋友，回京后明光就病了……"

"这是胡说些什么呀？"明光回复道。

开茅摇摇头，他对二宝的心理状况担忧。对二宝所说的与月儿已经告别经年，也觉得匪夷所思。

他们立刻给二宝打电话，二宝关机，他们认为是二宝登上了越洋飞机。他们次日又打了多次电话。他们在网上搜查了所有二宝可能乘坐的航班包括经港澳台、夏威夷、新加坡、韩国、日本转机的航班。他们在网上又搜查近两天全球发生的空难。无。第三天，电话通了，这证明，二宝已经下机登陆，除非是手机被盗，现在拿在他人手中，他们马上就能与二宝联系上了。但是二宝不接电话。再打一次，再一次，再两次、三次，手机里发出了软件的声音："您拨叫的电话，暂时无人接听，请稍后再拨。"到第五天，开茅忽然紧张起来，他觉得太不对劲，立即订购飞工业园的机票，并且给二宝发出语音与文字信息，说他将在次日十一时抵达二宝厂区。

二十分钟后，二宝传来了有气无力、半死不活的音频信息："月儿上个月嫁人了。"

开茅顿足，更要赶快见到二宝，按原日程，次日午前他一人到达了二宝的厂区，他背着一个大口袋，活像从前自北京使馆区秀水街趸货的洋倒爷。他看到了一个被吸干了血、被抽走了灵魂、被打了药针一样的二宝。他只盼着二宝抱住他嗷嗷嗷地痛哭号叫一场。他希望二宝抓头发、跺脚板、摔玻璃杯，至少自己打自己一顿嘴巴，窝囊，文明，礼貌，七讲八美，急眼了打打自己总是可以的吧？然而二宝不响不吭。

开茅把自己陪明光去台北治病时买的台湾土特产金门高粱酒、新东阳凤梨酥与盐渍金橘、冰糖柚子皮，还有大溪豆干、珍珠奶茶、号称比散黄金还昂贵的冻顶乌龙，都带到二宝这里来了。

他带来了一幅镜框书法，是启功的《心经》全文抄录。"五蕴皆空，度一切苦厄"。看了一会儿，又觉得字不一定是启功的真迹，倒更像潘家园出售的赝品。不过，请看，既然色与受、想、行、识皆不异空，真启功假启功又有什么计较？真情假情，真家室、假家室、无家室，又有什么分别？他顺便教授给二宝，般若进智慧，而"般"在这里必须读"钵"。他教导二宝，许多"运生不测"者，是读通了《般若波罗蜜心经》后得到健康、欢乐、金刚不坏之身的。

开茅披心沥胆地给二宝讲了几个小时，二宝无表情。

当天晚上，开茅陪着二宝，同睡一张大床，他也觉得可悲可笑，他就是把整个台北华西街的食品与佛教用品全部搬过来，他即使与二宝同床共枕三个月，他也不可能取代月儿的角色。月儿前个月已经嫁给了一个经营乡村俱乐部——高尔夫球场的二老板，她已经怀孕了。离完婚前来报告的二宝，根本没有见到月儿，月儿只是给他发了微信："既有今日，何

生死恋　**159**

必当初？冷言冷语，冰凉彻骨。月没那福，宝没那路。缘断情绝，读罢删除。"二宝乖乖地删掉了月儿的回音，同时将月儿的话背得滚瓜烂熟。

开茅受了月儿启发，也是为了哄二宝一笑，说是他从网上看到了用东北方言翻译的普希金的诗《假如生活欺骗了你》。此版本说："要是姐们儿糊弄了你，败急眼，败上火，败吭声，败蛄蛹，你就是一个大绿虫子，一边儿忍去，你把自个儿缩到茧子里，几天以后，咕隆，你咬破茧子飞出来了，你成了个花里胡哨的大蝴蝶。"

"不是姐们儿，"二宝说，"是生活欺骗了你。"敢情二宝也知道这个自普希金发展到中国东北网民的段子。二宝的嘴角儿上显出了一点笑容。呜呼，还是东北大碴子管点用。

第二天早晨，对方的时间是晚上，二宝给闺女苏攒打了电话，多部分是北京话，少部分是西岸味道的土美语，他们谈了半天，开茅看到与闺女说话的父亲泪流满面。

三天后，开茅离开工业园回北京，二宝送他到机场，告诉开茅："我的那张造孽的童年照片，从美国家里的墙上取下来，快递到厂子这边来了。"

一个月后，二宝建立了微信公众号，天天发表狗屁不通的诗。他篡改古今中外著名诗句。李白的《静夜思》改成："红红一个大月亮，掉到地上变成霜，抬头不见昨天(的)你，低头想你断肥肠。"改了王维的诗："己个儿坐在竹林中，张着大嘴喝北风，四面不见人鬼影，只有月儿不吱声。"后面注上原文："独坐幽篁里，弹琴复长啸。深林人不知，明月来相照。"还有李清照的《声声慢》："寻寻觅觅，冷冷清清，凄凄惨惨戚戚……守着窗儿，独自怎生得黑？"二宝写成："找了半天上哪儿找，冷得(你)冻手又冻脚，长得黢黑谁人喜，卖单窗口没人要！"二宝在后记上说，这里说的"卖单"与埋单买单结账开票无关，是老北京话，是说一个女性呆坐，等于卖色相给众人看。另外他认为李清照长得不白净，她的词写得再好，也会有感情上的苦闷。后面跟帖一大堆讽刺，尤其是将"怎么能熬到黑天"的"独自怎生得黑"，说成长得面皮黑，更是荣膺"狗屎乱屙奖"。居然还有人对这种歪曲经典文化的公众号主人进行人肉搜索，公布说，这些不通的诗是一个买办奸商瘪三无赖大坏蛋阴谋制造的，别有用心，是挑战中华诗词大会、亵渎古典诗词，人神共愤，国人共诛之，好人共讨之可也。

二宝还写了一首新诗：

上　班

每天都要吃饭，

每天都要上班。

上完班需要吃饭，

吃完饭需要上班。

不上班也要吃饭，

不吃饭不能上班。

我每天都吃饭，

我每周上五天班，

天天吃饭，

天天上班，

直到有一天忘记吃饭，

直到有一天忘记上班。

开茅倒是略感幽默，山穷水尽，四面楚歌，写出点不通之作，勇于勤于晒给大众，穷极无聊也总要无聊出个样儿来。倒也不算大恶大罪大疴大讹。开茅甚至认为，二宝的新诗比旧诗更有希望。再说，他又到了与明光赴台治病的节点上了，"生得黑"问题已经有人指教了，连英语的译文"Oh！How could I endure at dusk！"也给二宝标上了。二宝只要自己想上进，中文英文，语言文学诗学，通的与其实不通的非诗，总会有所长进。开茅又有个把月疏于与二宝联系了。

人生长恨水长东。与革命前辈相比较，二宝那点事算什么？爹爹教过开茅一个新中国成立前蒋管区城市学生运动中爱唱的歌：

跌倒算什么，我们骨头硬。爬起来再前进……

顿永顺还喜欢唱："我们的青春像火焰般鲜红，燃烧在充满荆棘的原野，我们的青春像海燕般英勇，飞翔在暴风雨四布的天空。"

青春，你怎么可能低眉顺眼？即使青春已经远去，即使青春已经鼻青脸肿，头破血流，除了顶住，你还能怎么样呢？

爱与死

二〇一六年四月十日周日零点，也就是周六午夜，开茅收到二宝发的微信照片，是苏老师早年写下的兰波的诗句：

> 我罚下地狱，被天上彩虹，
> 幸福已经是我的灾难，也是
> 我的忏悔和我的蛆虫……

下面是二宝的一行字：

> 灭亡为爱作证，挚爱也会成为虚空。

不好，开茅暗暗叫苦，他打电话、发微信，得不到任何回应。

三十四小时后，二〇一六年四月十一日星期一上午十时，顿开茅接到工业园二宝工厂急电，告诉他，苏尔葆厂长去世，估计是四月九日周六晚八时左右辞世的。他的尸体是刚刚，也就是死后三十八小时后发现的。尸体的样子更像是自杀，公安部门正在查验。死者与妻子已经离异，前妻与子女都在境外，四十八小时内他们没有谁能来到工业园，死者一方再无亲属，他们从会客资料上知道苏厂长与顿开茅是好朋友。他们希望开茅来一下，协同处理一下苏尔葆的丧事。

"但是十日凌晨，我收到了苏尔葆厂长的微信啊。"开茅与厂方人员叫起来。对方没有回应。

当天晚上十一点半，开茅与病中的明光到达工业园。厂子的人告诉他们，周一上午本来有厂长主持的例行办公会议，过规定时间半个小时，厂长未到。厂里人也发现厂长一段时间以来状态不好，不放心。厂办派了人去厂长家迎接。敲门无人回应，与物业联系后，破门而入。发现厂长跪在床头，床头立柱上套着已经扣死的皮腰带圈环，是厂长常用的万宝龙牌腰带做成的，他的脖子放在腰带环上，靠头脸与身体的重量，勒住脖颈身亡。公安部门检查鉴定，无其他人入室痕迹，无生前搏斗痕迹，除脖颈勒伤外身体无其他伤害痕迹。为了防止尸体腐化，公安部门摄下大量照片，并获得厂方同意后已将遗体送往医院太平间。也与外方驻华领事部门取得了联系。

开茅夫妇进入他们并不陌生的二宝卧室，又仔细听取了实地讲解说明，并留下他们对于二宝生活状况与感情波动的证词笔录。

至于苏厂长在估计的自杀时间之后发来微信照片的事，警方认为未有异兆，可能验尸人员对死者辞世时间估计有某些误差，他不是九日晚八时而是十日零点以后才自杀的，也可能是死者使用了推迟发出时间的手机功能，到了他指定的时间点才发出的。这几句诗句的照片，警方在死者的手机中已经发现与读到，除了心情的抑郁外，未显示有其他方面含义。

第三天，立红与两个孩子来到。开茅与明光一惊，他们认不出精精神神而又凝重痛惜的单立红来了。立红等又补充了有关情况：四月九日晚八时，美国当地时间晨五时，尔葆给立红打电话，立红未接。立红说二宝在与月儿婚事泡汤之后，多次与立红通电话通微信视频音频，把月儿已经结婚、不久将生子的情形全无隐瞒地告诉了立红，并要求与立红复婚。"我无言以对。"立红对开茅说，"后来他的电话我有时接一下，有时告诉他我没有空闲，真的没有空闲，两边时间又配合协调不好。星期六早晨五点来电话，这是谁也不能接受的……"立红没有再说下去。

"我也是在这边给我电话说明了他已经离世以后，才收到了他的音频。他说的是：'红红，我不配活在这个世界上。'"

立红的眼睛眯成了一条线，她的嘴唇咬得更紧了。

"死后？"开茅喝道。

"死后我才打开了他发的微信。"

总而言之，那个北京时间周五的夜晚，尔葆给立红电话，得到的是晨五时立红的内心抗议与实际拒接。给凯文电话，凯文按下了两小时内拒接的功能键。给苏攒电话，苏攒说："爸爸您先让我睡觉好不好，待会儿我还要去上滑翔机培训班……"她想着的是鸟儿般地飞翔，在高山与大海间。没等她爸爸再说话就把电话按死了。苏攒回忆起来很悲伤，她说她没有想到这个结果。年来她爸爸给她打了不少电话，心神不定，也不知道他到底要说什么。

开茅夫妇与立红、凯文、苏攒共同看了现场照片。开茅注视着穿白衬衫和内裤的尔葆，身上披着一部分被褥，衬衫上端解开了三粒扣子，半闭眼睛，张着嘴，嘴角与鼻孔下边都有血迹。立红躲避着对于照片的正视，看照片前她问工厂专聘律师，她以什么身份来处理这件不幸的案件？她已经与苏尔葆先生离异，尔葆死后，他们已经没有可能复婚了，她什么都不是，她不能代表尔葆的家属。律师说作为死者的原妻子、生前好友，尤其是死者子女的亲生母亲，她完全可以也应该参与丧事料理。她仍然铁青着脸，面对开茅也毫无表情。子女惊慌失措，不敢看照片也不敢不看。

　　他们看了一批遗物，其中有立红自美国快递来的他的幼童标准玉照，他根本没有打开包装。开茅与明光想起上次前来，二宝说那是他"造孽"的照片。看来，他觉得美好的记忆，已经无处容身。

　　开茅提出了一些问题，首先指出，尔葆的身体并没有完全吊起来，他怎么会死的？法医说，第一，可能他在把自己的脖颈放到皮腰带上以后，一度下了必死的狠心把体重放到了脖子上，一度在脖子上压上了百斤以上的力量，随即气管食管动脉勒紧窒息，几近断裂，然后又显示了跪垫的式样，跪下以后，颈冲压力有所减小，但后来这样的姿势，并不意味着脖颈处吃力的微小。他的心情波动与活动会极大增加脖颈压力。第二，在身体没有离开床褥的情况下，也能吊死自己，这样的先例，过去政法机构也见到过，不是没有。

　　然后开茅指出，按照尔葆按部就班、注意细节的性格，是不是可能他并没有下定决心自杀，而是只想试试？如果他当真要实行自杀，按常理他会穿得整整齐齐、干干净净，不会像现在这样轻易。对此大家认为开茅的看法有一定道理，但生活经验证明，也有另外的不按常理做某些事情的可能。再说决心已定也罢，未定也罢，现在还能说些什么呢？

　　开茅并没有什么认真的看法，只是不希望自己的老相识、自己的准弟弟之死处理得太简单、太草率、太方便。除了苏瓒与明光以外，没有谁眼睛里有泪水涌出，这也使开茅心有不甘。现在随便一个电视的装腔作势的节目都要搞出嘉宾、群众、观众的泪水，还有个专门名称，叫作泪点。搞出泪点，才有收视率，有收视率才有广告与利润。怎么连亲人的死亡都搞不出泪点来了？而且是一个如此善良文明的人！

而后他把不快发泄到从都柏林赶来的公司高管身上。他指出公司管理层竟然让尔葆离家十年到万里之外服务，这是不人道的，是侵害了尔葆个人幸福与健康的，应该依法追究公司方面的责任。说到这里，前妻与子女哭出了些微声音，算是有了点动静。

洋高管马上抓住机会解释说明。他找出记录文件，说是十年来，他们三次询问尔葆的意见，还有一次是在美国问过立红的意见，他们都不要求返美夫妻团聚，苏尔葆希望继续在华的工作，单立红希望苏先生到中国挣更多的钱。他们甚至告诉高管，中国人与欧美人不一样，不是离开了经常性的性生活就受不了。

"这样的事情合适不合适，你们应该有判断的责任与能力，不能完全由当事人负责，例如，你们是否给他安排了与家人在一起的更合适的职位与待遇……"开茅有力地驳斥说。

他们还看到了一批文档，是二宝胡涂乱抹的纸头，一张纸上写了无数"我爱你，我害你，你害我，你爱我，你我爱，你我害，害我你，爱我你，爱死你，害死你，你爱死，你害死……"另一张纸头上写着八个大字："天理恢恢，自取灭亡。"开茅钻心撕肺，站立不稳。

都柏林来的高管提出了公司给凯文与苏瓒的抚恤方案。

当天下午，签署了一批文件，从法律上结束了此事。子女没有异议，前妻没有异议，开茅不快，包括并不满意他们的抚恤，但也没有再提异议。该说的话他都说了，夫复如何？当地的公安民政外事部门要求所有的参与者包括立红、开茅、明光签名留取证言，只消证明子女与生前好友认可有关处理安排，他们都签了。

四月十五日，经各方同意，在殡仪馆举行了苏尔葆遗体告别。厂里的人来了不少，都说也只限于说："人家苏厂长，可真是个好人呀！"开茅看到了告别仪式开始的时候，快递公司送来一个别致的小花圈，全部紫黑色荷兰郁金香，中间有一个用白色钟乳花做的署名：乐鸸。事后，开茅想起乐鸸也许是月儿的另一种写法。他与明光谈了，明光不在意，只是不满意地说，她至少应该过来告个别。

如果说这样一个草草的告别仪式上总算有差强人意的点滴，那就是正中悬挂着的苏尔葆先生遗像。这是厂子里的一位青年职工用手机给厂长照的，他正在上楼梯，他的心情是那样明朗，他的一只手在轻击额头，这个姿势甚至不无高雅，他的左眼睛略略比右眼睛小了一点点，他似乎在调整焦距，他要看准与看清一个对象。他还充满着活力。

开茅与立红有所沟通，他知道立红的意思是告别后即刻在当地火化，他们已经购下了骨灰罐，然后他们回北京，把尔葆的骨灰送到西山附近一个墓地。立红还宣布，要在苏尔葆的墓碑上，印上他童年戴过的法国男童帽照片。

"如果没有人反对，我死后希望能与尔葆埋在一起。"立红对开茅说。开茅似乎已经成为二宝的法定代理人了。

"当然，再没有别的人了。"他与明光做出了一副宣誓的姿态。立红终于减少了一点尴尬。然后拿出二宝给她的要求复婚的二十一条微信给他们看。他们看到了二宝的血书照片："我没有想害你，可我害了你。"立红还告诉开茅，二宝临离开他们在美国的家的时候交代过："我的事，找开茅哥。"

她说："他说他害了我，最后是我害了他。我不管两国的法律，我会向中美两地亲友宣布，我要以最正规的方式宣布我与二宝复婚！"

山里红，毕竟是山里红啊！如二宝所说，她是杀伐决断的司令兼政委。开茅想向她伸出大拇指。

而且，延迟到现在小说人才顾得上一提：此次在二宝的丧事中见到的山里红焕然一新，她做了口颌整形手术，她一下子变得多么漂亮啊。

又过了些日子，开茅得知，立红的美容手术是在她与二宝离婚后，专程到韩国做的。

了解了这一点以后，明光说："天知，地知，你知，我知，他知，她知。我们都不愿意说。这个话题太渺小，谁都不愿意暴露自己的渺小。即使将二宝与立红的故事写成一篇小说，也没有人会说破这最渺小之点。"

明光叹道："我们女人哪！"

重　码

　　此后一两个月，这件生离死别的事件成为开茅与明光的
一个主要话题。明光恨得跺脚，认为二宝太不坦荡磊落。明
光甚至引用鲁迅，从国民性的角度叹息：为什么不敢爱也不
敢恨，不敢说也不敢做，不敢乐也不敢哭！在月儿提出了要
求以后，二宝一开始没有思想准备，他的回答冷血而且颟顸
自负。后来呢？一年时间，他下了那么大决心，做了那么大
动作，他不与月儿沟通，他是在特工潜伏吗？潜伏恋爱？潜
伏婚姻？他已经搞得立红与她的儿女天翻地覆，他已经颠覆
了自己的家庭与人生，为什么却要向最要求最盼望最关切最
痛心的月儿保密？这不是发疯吗？这不是浑蛋吗？这不是死
人吗？这不是废人吗？坏人害人死，好人害死人！害死人首
先是害了自己！他为什么不在一年前就说清楚他要去离婚？
他甚至于应该光明正大地去问月儿，她能不能再等他几个
月。他背着月儿做一切为月儿做的事，他背着月儿去为了月

儿，他牺牲原有的一切！这是什么逻辑？他吃了什么蒙汗药丸儿？他凭什么认为月儿在愤而中途下车走掉之后，会为他守节守志，会也像特工一样潜伏起来，一直当尼姑当修女立贞节牌坊，等着他猴年马月再来偷偷找她调情？

"也许这是天意。归里包堆，二宝的媳妇还是山里红！"开茅说。

"可能。那他有权更有义务摸清摸准这个天意。如果天意是另类呢，比如，二宝应该与月儿再过十年，然后月儿患上我现在的病！"

开茅捂住了明光的嘴，"瞎说！你的病好了，人类已经战胜了癌细胞。海峡那边的三位医生很棒，北京也已经开展了这种治疗实验。据说日本医生也在研究治疗癌症的新套路。何况再过十几年！"

开茅说，二宝为什么不惜一切代价破釜沉舟办离婚手续，却整整一年与月儿隔绝信息，并无任何难解。他告诉明光，二宝的难处太多了，说实话，不仅二宝太难了，连姓顿的他自己也一直是吞吞吐吐、黏黏糊糊，一句痛快人话没有说过的呀！

开茅说："你想想，在与立红办完离婚手续以前，二宝能认定自己当真会与立红离婚吗？他能下定下死真正的不要良心不要亲情不要妻小的狠心吗？他只能走着瞧，试试再说。

他能像兰波的诗那样地不感歉意不感亏心地大步往前践踏自己的前半生、自己的最最亲近的亲属吗？他当真舍得立红，舍得儿女，舍得凯文，舍得苏瓒吗？现在我不好多问，但是我敢断定，这次离婚也是最后由立红下的决心！你信不？二宝不是一个杀伐决断之人哟！他能断定自己会这样办事？如果他与月儿一同计议商量他的离婚计谋，他还算是个人吗？"

明光一百个摇头。她认为，当真出现了不可开交的情势，就必须男子汉大丈夫，好汉做事好汉当："人有好也有坏，人有施恩也有欠情，但是人应该坚决些。施恩与欠情，都不要回避躲藏，都要敢亮出来。否则，害了所有的人。不下决心就是虚伪，就是不敢负责，就是哈姆雷特，就会害一个再一个。他不想弄脏自己的手，他自己放不出一个响屁，你顿开茅当然也就吞吞吐吐、迟迟疑疑了！开茅，我们都不喜欢凶恶的小人，但是，前怕狼后怕虎的君子绅士有多恨人！走了一个好人，留下永远的悲伤和遗憾……"明光声泪俱下。

"他从小……"开茅说。

"从小怎么啦？"明光说，"从小就不能鬼鬼祟祟、哆哆嗦嗦！"

"你应该了解，出事的时候是四月，天还凉，但是白天已经变得很长，下班的时候夕阳照在墙上。四月的黄昏太漫长，四月的黄昏不好过，孤家寡人，独自怎生得黑！尤其是周末，双周末，形影相吊，天怒人怨。境外的心理学家与精神病学家，乃至公共安全学者，都有注意灰黑四月的论述。"

"倒真像是欧美学者的话。他们喜欢鸡毛蒜皮的微观实证，我们喜欢大而无当的高屋建瓴。但是，人生岂止四月天？完了还有五月，还有闷热的八月，还有那冬天的漫漫长夜，夜夜刮着西北风。每天还有许多空闲，每周还有那么多时间……说不定几年后要实行每周四天工作制了。你会越来越受不了孤独，你至少得对自己负责，对自己最爱的人负责。"

"再说，"明光突然激动了，"你想想，如果月儿有心机有算计，二宝的三套房产根本不可能全归了立红……月儿是好人啊。"

"我头一次见到山里红的时候，她只有十几岁，她像一支火炬、一盏灯，一下子把二宝的家照亮了。"开茅听出了明光对于月儿的同情来了，他必须讲讲立红的好处，二宝的一切难处他们两口子也都感觉到了，他们需要保持某种平衡。

……总算把对于二宝的不满全都说出口，明光最后哭出了声。她呜咽着说："二宝真是好人啊。好人恨死人啊！"她又说，"在男男女女的事情上，我们是怎么搞的！从五四运动我们就够启蒙、够先进的了，直到现在，也没整明白。多了几个二郎八蛋，多了几个花言巧语与假招子，多了几个精神病，现时又多了许多下流网络小说。看看电视政法社会节目吧，不是因为认定对方变心下毒手杀了情人，就是伪造身份骗到人民币，不是掐人毁尸，就是将情人的尸体装到后备厢里星夜转移。说到男女关系，开口闭口都是'背叛''阴谋''出轨''绿帽子''冤枉''包二奶''小三''情商低下''人财两空''鱼死网破''冤冤相报'之类的字眼，你想了解我们的爱情、婚姻、家庭、伦理吗？你去找刑侦部门的年度资料汇编去吧……"

"没有这么严重吧？不要胡说啊！"开茅努力止住明光的激动。

"你想想，在刑侦案件中，情杀情骗男女之间的事故占了百分之多少；再想想，在爱情与婚姻中刑事犯罪又占有了百分之几十几的比例呢？"

"真是想不到啊，二宝就这样没了。"两个人又是一阵叹息。他们知道，他们会这样叹息一生。

"我最近常想，当然有可能，一个人死后仍然会给你发微信、发兰波的诗、纳兰的词，还有自己痛苦的心声，只要用对了程序与功能。我们后死者，就应该好好等着听着，会不会先我们而去的他，十年乃至二三十年后，发来那时候才想告诉我们的一些悄悄话……人是不会死去的，他们的心里话，还在天幕云里蕴藏着与氧化着，成为糖，成为酒，成为余响与新韵。"

"你讲得真好啊。"但愿上苍保佑明光平安。开茅心里默默祝祷,想着他们这个普通渺小的家庭的幸福。他说:"生命应该珍惜啊。"

"生命应该善待。"明光总结说。他们俩同时流出了泪。

然后开茅背诵了纳兰性德:"……年来苦乐,与谁相倚……待结个、他生知己。"

人去以后,又能与谁共享喜怒哀乐?来生呢?谁与谁结为知己?他解释说,不是他生另寻知己,纳兰的诗句应该解释为,不仅此生是知己,他生仍然必须是知己。不是有情人终成眷属,结成眷属甚至也不是最最必须的,人类需要爱情。想想吕奉德、苏清恶、顿永顺、顿永顺的妻子与情人,包括二宝与他的前任妻子与后任未成的女友……再想想开茅明光他们俩有多幸福吧。

十五岁的女儿忆苏自网上搜出了北京纳兰性德园,他们带上女儿,根据网上提供的资料去了海淀区上庄湿地。不错的房子,当年的纳兰墓,墓没了,新建了园。词人园子门口挂着一块黑板,粉笔写着:"蘑菇炖小鸡,烧排骨,手擀面,家常饼,炒土鸡蛋,香椿鱼,野菜玉米团子,煎河虾……"标注了各菜品的价格。根据一些政协名流的提议修起的纳兰性德园,修好后无物可展,无人来看,园主将它干脆改造成了农家乐旅游点。女儿明知故问："纳兰性德，是厨子吧？你看，别的地方都说东北人要吃小鸡炖蘑菇，纳兰老师说的是蘑菇炖小鸡！"

爱情成为刑侦学的课题，纳兰性德的美词接上了蘑菇与香椿的地气。我们有那么好的词人和词，却少了什么呢？

春节到了，开茅收到立红贺年微信，有几张花花绿绿的表情图片，别致喜人。她发来了客室里挂着二宝的幼童照的照片。没有谈别的，只是说了子女的学习与体育成绩，还有俩人参加文艺演出的情况。她还给开茅家寄来两件外穿的加厚纯棉线衣。她说，她那里人们对于纯棉织品的喜爱超过了毛织品。

开茅与明光给他们寄去了中英对照的《唐诗三百首》，还寄去了一批中成药，他们知道，立红喜欢六味地黄、桂附理中，加上香砂养胃。

又过了半年，开茅收到乐鸸的微信，告诉他们她一直感谢大哥大嫂。她还提到，她的孩子成长得很好，她本人次年将到新西兰惠灵顿大学读英语文学。她现在正在家乡参加说唱曲艺研讨会。

开茅用他与明光二人的名义给月儿回微信："月儿，收到，谢谢，想念，祝福，我们活着的人要过得好，这是怀念，也是感激。明光、开茅。"

开茅将应该是在尔葆自杀后，他们才收到的有兰波诗与二宝的狠话的微信照片转发给了月儿，并说明了有关情况。与立红与月儿的微信来往，安慰了、填补了二宝溘然离去留下的空白。长远地说着他，想着他，哪怕是怨着他，这正是他们极其愿意的，为二宝的真实存在而作证。存在的证明是爱情，爱情的证明是难忘的悲痛。

两天以后，开茅看自己的手机，突然发现，给月儿的两封回信的上款写的不是月儿，而是"豺狼"。他发出的微信是："豺狼，收到……我们活着的人要过得好……明光、开茅。"还有"豺狼，请看尔葆死后发来的微信……"

他大惊，不能相信眼睛，不能相信精彩绝伦的五笔字型输入法。他试了二十次，证明"月儿"一词与"豺狼"重码。他连忙再发信，再再发信，再再再发信，没有回音。他发现，一个词"相信"，在五笔字型里已经与相依、想念、相仿、相邻重码。

月儿不回答，是不是月儿拉黑了他的微信？他想着的是等明光再好好，他们一起去一趟新西兰惠灵顿。他们一定要找到月儿——乐鹃，他们祝福她和她的家人。听说惠灵顿海风极大。听说诗人顾城，就是在那边发了疯，杀妻以后自杀的。

……直到写完小说，这里谈谈汉字奇迹。我的主人公顿开茅与王蒙有着奇异的先验关系。请你在这个大约十五年前的五笔字型外挂版框架里敲键GGAP，四字母连打出来词组：第一个词组是"顿开茅塞"，第二个是"王蒙"。

后来，已经很少见到这样的外挂五笔版本了。五笔字型的重码是完全偶然的巧合吗？我不知道。LLBY，"男孩"，同时是"慷慨陈词"。ADLT，是英语"日常生活活动试验"的缩写，是五笔的"巧克力"，还是"苦力"，还是"恐龙图"，还是"苍龙转生"。

还有延迟，与"延迟"重码的是"处以"与"自尽"。"足球"同时是"蹭球"。"海龟"同时是"活象"。"小三"同时是"小厂"。"逻辑"同时是"鸭架"。而"怪力乱神"同时还是"发回重审"！英明噢！

"月儿"就是"豺狼"？当然荒谬，简直混账。顿开茅与王明光在这里向月儿乐鸸喊话，豺狼是软件的误伤误撞，与咱们的友谊互信毫不相干。

月儿你好！请回信！

立红你好！改革开放很好！

不忘好人！生活，前进！

最近的《新闻联播》里，播送了工业园与苏厂长供职过的厂子的正能量消息。

尾　声

二〇一八年四月五日，星期四，清明节，开茅与明光到八宝山烈士陵园为赵妈妈，到房山静安墓园与昌平万佛园为吕、苏二位老师与顿永顺爹爹扫了墓，献了盆花与祭果。又到海淀区香山南路，正黄旗十八号金山陵园祭奠了二宝。这一天，通向墓园的道路车水马龙，人山人海，他们早上八点出门，连午饭都没有吃，晚上七点多才到达了金山。

墓园的发展太迅速了，当年苏尔葆入葬的时候，是新开辟的长思园的第三个安息者，周边敞敞亮亮，见山见水见田。现在，长思园内的逝者墓碑已经好几百，密密麻麻，几乎是拥挤与火热。生命如烈火燃烧，死亡如海潮涨涌，墓园的入住飞速覆盖。暮色中开茅以手机做电筒帮助照明，费了十几分钟，才找到苏尔葆的姓名。青山，松柏，白云，逐渐深藏到暮色然后是夜色里，肃穆的扫墓者们大部分已经退离，一鞠躬，二鞠躬，三鞠躬，使人悲凄也使人平静。果然，一切生的苦恼纷扰渴求与手忙脚乱都结束了，安宁了，同时仍然被惦念着与回想着，叹息着与抚摸着。

开茅与明光都体会到了那宁馨的交谈，那无言的眷恋，那永远激荡着悲苦着与爱恋着的虚空，他们俩的手拉得更紧了，手拉手的时日由于有限而更加珍爱。

开茅用手机闪光拍下了放上了盆花的苏尔葆之墓，他不理睬不宜在墓地拍照的说法，将照片发给了立红。最令人感动的是碑石上方，通过瓷艺技术，在白色瓷砖上打印了一幅法国男童马洛帽的彩色——其实也只是蓝灰与灰黑色的照片。建墓时单立红定下的碑石与瓷艺照片标准，她离京后两个多月，碑石与瓷艺做好，经开茅首肯，竖好了墓碑，摄影，发去了照片。

回家路上吃了烧卖，清明返程一直延续到晚十点以后。开茅发现丢掉了手机。他给金山墓园接待室打电话，没有人接。

当天夜晚，开茅睡着睡着听到了手机的信号声，是他特别设立的专属二宝的彩铃，是腾格尔的《天堂》歌声。他一惊，他略有感觉与思忖，莫非是自己没有将手机丢掉，手机他一进门就自然而然地放到抽屉里了？他曾经多次将手机放到抽屉里，为的是妥为保护，结果是自己看不到着急。他想起来察看一下，又实在瞌睡，迷迷糊糊地与明光拉着手飘进一个屋室，并且听到了声音：

"哥哥，哥哥……"

他突然明白，是二宝在呼叫。

他从床上立起身，他拉开不知是哪一个抽屉，拿出手机，飘出卧室。他在自己的书房，打开了手机，手机顶部显出了二宝头像标志与音频的符号。

……他听到了二宝的声音。微弱、起伏、衰减、增强，然而清晰，他说："都好，都好。只是要勇敢些。幸福并不是我的苦痛。"

开茅有点晕，像喝多了酒。他摇摇摆摆回到自己床上，日益瘦弱的明光身边。明光咕哝了一声，他没有搭茬儿。

第二天醒后，他到处寻找手机，仍然是哪里都没有，打电话，从金山墓园的接待室，几经周折找到了手机的下落，说是今天凌晨，清洁工人从苏尔葆墓碑底座处，捡到了手机，他们已经向在接待册上登记的旅美联系人单立红女士发出了信息。

后来，费了老大劲，取回来了。清明假日，去墓园的人太多了，车根本开不动。

"还在？"明光问。

开茅点点头，他拿着手机说："我上月才刚网购的华为nova3，在二宝那里宿了一宵。它已经向可怜的弟弟传达了我们的问候。无论如何，是二宝再次给我发出了音频微信，他的声音，云里云外，飘来飘去，我都听得出来，他仍然是温文尔雅的呢。"

后记

——

与日子一道

　　世界是生命的河源、阳光和情侣。生活是世界的节庆、盛宴和谜面。日子是生活的形状、珍重、美貌和回味。"此情可待成追忆"，说的是李商隐的日子。"前不见古人，后不见来者"，是陈子昂的。"志在千里""壮心不已"，是曹孟德的。而用青春的金线与幸福的璎珞编织过的日子全来了，青春万岁的火热的记忆、书写、挽留的，是我的当年日子，应该说也还有诗人邵燕祥的日子。（金线与璎珞二句是燕祥帮我加上的。）新中国的初年记，我为挽留它们尽了点力。

　　而《夜的眼》里有日子的转化、艰难与焕发的期待。《这边风景》里有了更辽阔、更宏大、更强悍的日子。加上《初春回旋曲》《纸海钩沉——尹薇薇》《从前的初恋》的正在进行时，它们与七十年前的记忆，与六十年前四十年前的原稿的过去未完成时，让你翻来掉去地受用、反刍、感动、出新，这又是怎样地机遇、快乐、认证和书写的新体验呢！

还有《蝴蝶》，庄子的梦境大大突破了庄子本人，还有《歌声好像明媚的春光》，苏联的日子仍然没有蒸发完毕。还有《生死恋》《笑的风》《猴儿与少年》《夏天的奇遇》，前天、昨天、今天、明天，是演进也是和声，是数序也是数量，是替代也是交响，是硬核也是想象、延伸、变形，是随机也是设计，是承接也是突发与奇幻。

　　还有二〇二二年的《霞满天》。人生的艰难与挑战，皆知美之为美，斯恶矣，善之为善，斯不善矣。这一切加上突然与偶然、概率论，五百万分之一的几率造成的不幸的可能，我要告诉读者，这全部都是真实的、实有的、难以相信的。与此同时我要说的是人的强大、善良与勇敢的坚持、生活与生命的忠诚与爱恋、信念与向往，包容与忍耐……可能是更强大的。

　　后者的强大是更真实的强大，更真实的真实。

　　不要怕偶然与突然的祸端，因为我们勇敢而且光明。

　　《霞满天》发表以后，我收到了柏兰友人的来信：

　　　　我用心拜读了《霞满天》，心潮澎湃……我仿佛看到了你的笔尖在纸上，在键盘上高速跳动。让我惊奇的是小说主人公游历的地方的就是我去了的地方。你怎么想象出来的？除了南北极是我告诉您的以外，您是神奇的先知作家。

在这个世界上，不是所有合理的和美好的东西，都能按照自己的愿望存在或者实现。唯有保持奋发的初心，才能从容地悲喜自渡，坦然地活在这竞争的丛林里。

很多事情是坚持之后得到的，苦尽甘来，更懂得珍惜。但是也要明白有些事情却是无结果的，努力过了，拿得起，放得下。

……撇开一些利益纠结；方寸之间，要能按捺住情绪。

实际上最大的敌人是自己。要想办法战胜它，不断地修炼，炼出一颗丰盈的内心，不屈的灵魂……

有快乐就会有忧愁，两者是相对的。忧愁又何尝不是人生的宝贵经历。只有经历过了的人才不会遗憾于在世上白白走一遭。

《霞满天》加上另一个悲哀的故事《生死恋》，在我们的花城出版社出版的时候，我请读者为柏兰她的光明与幸福举杯，也不忘为本来不应该那样脆弱的《生死恋》里的兄弟二宝——尔葆的安息而静默七秒钟。

……因为有文学，记忆不会衰老，生活不会淡漠，感情不会遗忘，话语仍然鲜活，思维仍然噌噌噌，童心仍然欢蹦乱跳，诗意仍然在意在胸。日子仍然晶晶亮，我可以告诉读者，我的处女作《青春万岁》的另一个备用题名，叫作《亮晶晶的日子》。